早百合女子大学
松坂 ありさ

早百合女子大学　目次

早百合《さゆり》女子大学《じょしだいがく》

松坂　ありさ

プロローグ

早百合女子大学で、ロシア文学科の講師を募集している。

面接は随時……。

山百合《やまゆり》女子大学なら聞いたことがあるけど、早百合女子大学なんて聞いたことがないわ。でも、ロシア文学科の講師を募集しているなんて、私にとっては願ってもないことだわ。

電話をしてみると、最初に出た女の人が「事務局長に代わります」と言う。

しばらく待っていると、事務局長だと名乗る男の人が出てきた。

彼は「善は急げと言いますから、すぐにあなたの履歴書と、今まで研究してきた内容の資料一式をこちらの事務局まで、送ってください」と言った。

「はい、わかりました。すぐに送ります」

「お待ちしています。書類一式が届いたら、こちらでそれを読みます。それから、面接という運びになります。面接の日にちは、後日お知らせいたします」

「はい、わかりました」

第一部

第一章

1

数十分前のことだ。

神崎夏子《かんざきなつこ》は、W大学の教務課の受付で、早百合女子大学のパンフレットを手渡された。

かなりの関心を持って、パンフレットの中身を読む。

早百合女子大学は、二年前に設立されたばかりの、カトリック系の大学で、山百合女子大学の姉妹校だった。「それだったら、結構信頼がおける大学ね」と、彼女は思った。

この早百合女子大学は、果たして私に向いている職場なのかしら？

私をこれまで指導してくれた若月《わかつき》教授に相談してみよう。

昼食から戻ってきた若月教授に、早速話してみると「ゆっくりじっくり自分の研究を進めていくには、いい大学だと思うよ」という答が返ってきた。

「でも、私、生意気なようですが、もうちょっと大きな大学で働きたい気もあったんです」

夏子はちょっとがっかりしていた。

「君の気持ちはわかるよ。でもまだ君は若いんだ。そんなに焦らなくてもいいと思う。早百合女子大学に何年か勤めて、それからほかのもう少し歴史のある大学に移ってもいいんじゃないかな？」

若月教授は夏子をなだめた。

それから声をひそめて言った。

「……残念なことに、今日日《きょうび》ロシア文学はあまり流行《はや》っていない。だから、あまり贅沢《ぜいたく》は言ってられないかもしれないよ。面接だけでも受けてみたら？」

「はい、そうですね。一度そこに行ってみないことには、何とも言えないと思っています」

「じゃ、一時を回ったから、電話してみればいいよ」

教授は、腕時計を見ながら言った。

「はい、そうします。……あの、教授のさっきのお言葉ですが、嬉しいことに、最近はロシア文学が静かなブームになっているらしいんです」

気の強いところがある夏子は、教授の言葉に反論してしまった。

「それって、どこからの情報？」

教授は眉をひそめた。

「この間新聞に載ってたんです。T外語大の露文科の先生が、私のとっている新聞に寄稿していたんです。『今、チェーホフが面白い』っていうタイトルで……」

「何新聞に？」

「西東京新聞です」

「相変わらず、マイナーな新聞にも目を通しているんだね。あ、ごめん、西東京新聞は君のお気に入りの新聞だったね」

「いいえ、いいんです。……あの新聞にも、かなり読者はいるんですよ。読者層は広がりつつあるらしいです」

彼女は西東京新聞の弁護をした。

「そう。じゃ、聞くけど、どういう人たちの間で、ロシア文学が話題になってるの？」

若月教授の目には、夏子をからかうような色が浮かんでいる。彼がこんな目をするのは、決まって相手を言い負かす自信のある時だ。

「えっと、若い人とか、主婦とかの間で……」

夏子は、しどろもどろになった。

「若い人っていう言い方は曖昧《あいまい》だね。それに、主婦って言ったたって、そういう人たちの大部分は昔ロシア文学をやったことのある人たちなんだよ。大学の露文科に通っていたり、まぁ、そこまでいかなくても、ロシア文学に興味を持って自発的に読んだりした人たちなんだと思うな」

若月教授の声も言い方も、明瞭だった。

「……」

夏子はすぐには答えられずに黙っていた。

「君が早百合女子大に行って、名物講師かカリスマ準教授にでもなれば、ロシア文学がもっと広がるかもしれない。そうなってくれたら、僕としてもすごく嬉しいよ。自分の好きなものが皆に広く受け入れられるのって、嬉しいものだからね」

若月教授はこう言って、白髪の混じった前髪をかき上げた。

それから、立地条件に触れた。

「それにこの場所、すごくいいと思うよ、最近は東京の大学といっても、ほとんどが千葉や埼玉の東京近郊に移転しちゃってるよね。そんな時代に、早百合女子大は京王線の桜上水にあるんだから、新宿に近くて便利じゃないの。素晴らしいことだよ」

教授は、歯切れよく言った。

「京王線の桜上水だなんて、やっぱり山百合女子大に近いところにあるんですね」

「山百合女子大は、どこにあるんだっけ？　確か京王線の……」

「芦花公園にあります。いとこが今通っているので、知っています」

「いとこさんは、何学部？」

「文学部国語国文学科です」

「ふうん、そう」


桜上水か。新宿に近いというのは、魅力だわ。ほしい本が手に入りやすい。

夏子は、早百合女子大学に魅力を感じ始めた。

☆

神崎夏子は、現在二十九歳だ。W大学の露文科を出てから大学院に進み、修士課程、博士課程と終了した。二年間ロシアに留学した経験も持っている。大学でロシア文学を教えるというのが望みだ。でも、大学の先生を目指している人の世界では、夏子くらいの経歴を持っている人物は珍しくない。だから、いきなり有名大学で講師として雇ってもらうのは難しいだろう。そこへいくと、早百合女子大学は、新しくできたばかりで、教員の数も揃っていないにちがいない。だから、夏子のような経験のない人間でも講師として、すぐに雇ってくれるのではないか。その後の出世もうまくいくかもしれない、と夏子は密《ひそ》かに思った。

2

早百合女子大学の面接に指定された日、夏子は朝の九時に家を出て、その大学へと向かった。

大学は、桜上水駅から三停留所ほどバスで行ったところにあった。気候のいい時なら歩くのがいいだろう。だが、今は一月の半ばで、特に今日は冷たい北風が吹いている。夏子は、迷わずバスに乗った。

「早百合女子大学正門前」というバス停が来て、そこで降りた。

その大学の規模は、大きくなかった。それでも、正門から事務局までの小径《こみち》は、思ったよりも距離があった。小径の途中には池があり、「早百合池《さゆりいけ》」という看板が立てられていた。今の時季は寒々とした印象しかないが、初夏から初秋にかけては、水面《みなも》を気持ちのよい風が渡っていくのだろう。

早百合池のほとりから道が二つに分かれていて、一方は事務局棟へ、もう一方は図書館へと通じていた。夏子は図書館を遠目に見た。煉瓦造りの建物が、彼女の気に入った。

夏子は、事務局の方への道を進んだ。図書館とは趣を異《こと》にした事務局棟は、ガラス張りの玄関ホールを備えていて、近代的な造りになっている。夏子は玄関ホールを入り、少し歩いて受付の前へ行った。

名前と来意を告げると、女性の事務員が「面談室へご案内いたします」と言う。

夏子は、彼女のあとに従った。

廊下を歩きながら左右を見ると、両側にドアが並んでいる。かなり多くの面談室があるようだ。

案内の女事務員は、一つの部屋の前で止まり、ドアを開け、「こちらでお待ちください」と言った。

通された部屋は、小さかった。

夏子は、その部屋の椅子に腰掛けた。座り心地の固い椅子だった。

「すぐに事務局長が参りますので」

女事務員はそう言って出て行った。

十分くらい待っていると、事務局長らしき男の人が、せかせかした態度で部屋に入ってきた。その人は小太りの人物で、四十代後半に見えた。その後ろには、もう少し年配の男性がいた。一目で、学者だとわかる風貌をしている。

夏子はふたりの顔を見ながら、立ち上がった。

事務局長らしい人は、夏子に人懐こい笑顔を向け、挨拶した。

「事務局長の松島です。今日はようこそお越しくださいました」

夏子は深く頭を下げた。

「そして、こちらにいらっしゃるのが、英文科の主任教授の成瀬正《なるせただし》先生です。成瀬先生には学長を務めていただいております」

「昨日お電話をいたしました神崎夏子です」

事務局長と成瀬教授、夏子は椅子に座った。

事務局長は笑顔を保ったままで、尋ねた。

「この大学のことは、どのくらいご存じでしょうか」

「W大学の教務課で聞いてきました。それから、こちらの出しているパンフレットを読みました」

「そうですか。この早百合女子大学は、できてからまだ二年しか経っていない大学なのですが……真の国際女性を育てるということに主眼を置いています。高邁《こうまい》な精神を持って、創り上げられた大学です。英米文学科、フランス文学科、ドイツ文学科、イタリア文学科、スペイン文学科、中国文学科、韓国文学科、そしてロシア文学科の八つの科があります。女子大で、こんなに外国文学科が揃っているのは珍しいと思いますよ。おそらく我が国で初《はつ》でしょう」

「ご説明ありがとうございます。よくわかりました。英米文学科やフランス文学科はたいていの女子大にありそうですが、ドイツ、イタリア、スペイン、中国、韓国文学科があるなんて、素晴らしい大学ですね。ましてや私の専攻しているロシア文学科まであるなんて、感激です。なんてステキな大学なのかしら！と思います。夢のような大学ですね」

夏子は本心からこう答えた。

すると、事務局長は急に困ったような表情になり、声を落としてこう言った。

「それはあくまでも建前でして……」

「え？」

夏子は訊き返した。

ここで、ドアをコンコンと叩く音がして、夏子たちの会話は中断させられた。

「はい」

事務局長が返事をすると、ドアが開いて、先ほど夏子を案内してくれた事務員とは違う女事務員が、日本茶の湯飲みを持って入ってきた。

「あ、お茶がやっときました。お待たせしちゃって……」

事務局長は、申し訳なさそうな口ぶりで言った。事務員がテーブルにお茶を置いて出ていくと、続きを話し始めた。

「実際は、イタリア文学科とスペイン文学科にはまだ学生がひとりも来ていない状態なんです」

「そうなんですか。それでは、ロシア文学科には何人の学生さんが来ているんですか」

事務局長は、隣の英米文学科の主任教授の顔をチラリと見てから、言いにくそうに言った。

「えっと……五人だったのですが……まことに残念なことに……三人辞めてしまいまして、現在はふたりになっていると聞いています」

「そ、そうですか。ふたり……ですか」

「あ、まだこの大学はできてから二年しか経っていないので、少ないのは仕方がないことだと思うのですが」

事務局長は、若い大学だということを、強調した。

夏子は、事務局長の言葉を素直に受け入れて、こう言った。

「そうですね。二年ではまだあまり学生さんは集まらないかもしれませんね。来年度にはまた何人か入ってきてくれるのでしょう。私はそう期待しています」

「そのとおりです。……今いるふたりの学生さんは、とても熱心でやる気のある人たちだと聞いています。私は、たとえひとりの学生さんにでも情熱を持って教えるというのが、教師としての努めだと思っています」

事務局長の語調は、少しだけ強くなった。

「それで……ちなみに英米文学科の学生さんは何人くらいいるのでしょうか」

夏子は尋ねた。

事務局長に代わって、英文科の成瀬が答えた。

「ここからは、私がお答えします。英米文学科は、二学年合わせて三百人です。つまり一学年百五十人ずつということです。……フランス文学科は、二学年合わせて百六十人、ドイツ語科は五十人、中国語科も同じく五十人、韓国語科は、韓流ドラマのおかげなのか、百人です。そして、ロシア語科がふたり、というわけです」

「わかりました」

夏子は、成瀬の顔を見つめた。彼の顔は真剣そのものだった。

いつのまにか、事務局長の顔からも笑みが消えていた。

成瀬は思いきったように口を開いた。

「それでは、今度はこちらから単刀直入にお尋ねします。神崎さんは、うちの大学のロシア文学科の講師になってくださいますか」

「は……い」

「それはよかったです。では、四月十日の入学式とその翌日の始業式に出席してください。お待ちしております。その時にはよろしくお願いいたします」

「はい、よろしくお願いいたします。それで、あの、四月十日までの間に、前もってこちらへ来る必要はないんですか。何か準備とかはないんでしょうか」

「ああ、そうですね。前日の四月九日に来てください。書類にいろいろと書き込んでいただきます。今はこちらの書類をお渡ししておきますので、読んでおいてください」

「はい」

こうして、夏子は露文科の講師として、早百合女子大学に就職することになった。

第二章

1

四月十日の入学式の日。

夏子は黒いスーツに白いブラウスを着て、その上にベージュ色のコートを羽織り、黒いバッグに黒い靴という格好で家を出た。

桜上水駅に着くと、そこから早百合女子大学までの道を歩いた。

事務局へ行くと、事務局長が迎えてくれた。

「神崎先生、お待ちしておりました。さぁ、こちらへどうぞ。ご案内いたします」

廊下を進んでいくと、途中天井が吹き抜けになっているところがあり、天井はガラス張りになっていた。そこからたっぷりの陽が差し込んでいる。明るくて温かくて、まるで温室のようだった。

夏子はそこを通り過ぎる時、天井を見上げた。

事務局長が夏子の様子を見て言った。

「……天井から差し込んでいるのは、まさしく希望の光ですよ。この大学を祝福してくれています。感じのいい空間でしょう？　ここに立つ度に思います」

「そ、そうですね」

彼の表現が大げさに思えた夏子は、口ごもりながら返事をした。

「この場所は上手に活かしたい、といつでも思います。そのうちにテーブルと二、三脚の椅子でも置いてみますよ。……ああ、観葉植物を育てるのにも向いていそうだなぁ」

「はい、そうですね」

夏子は相づちを打った。

二人は吹き抜けを過ぎて、さらに進んだ。

事務局長が、ある部屋を、手で指し示した。

「このお部屋へどうぞ。ご案内します」

ドアの上を見ると、「仏文科・露文科教授・談話室」というプレートが出ていた。

「談話室……ですか」

夏子はその部屋の名前の意味するところが飲み込めずに、事務局長に尋ねた。

彼は説明した。独立した個々の教授室の他に、軽く作業（研究・読書）をしたり、お茶を飲んだりする〝談話室〟というものがある、ということだった。贅沢な造りになっているんだなぁ、と夏子は感じた。

夏子の気持ちに気づいたのか、事務局長は「職員室システムをとっているんです。こうすると、風通しがいいでしょう？」と言った。

それから、彼は、談話室のドアをノックした。

中から「はい、どうぞ」という声がして、直後にドアが開いた。

事務局長と夏子は「失礼いたします」と言って、部屋に足を踏み入れた。

どうぞと言ってくれたのは、助教と名乗る若い女性だった。名前は下田美雪といった。地味な紺色のスーツに白いブラウスを着て、ワインカラーの縁《ふち》の眼鏡をかけていた。

助教の下田は、一人の小柄そうな女性に声をかけた。

「小金沢《こがねざわ》教授、新しい講師の方がお見えになりました」

夏子は緊張して、教授と呼びかけられた女性の方へ顔を向けた。夏子は両腕を脇にぴたりとつけ、いつでも自己紹介できるように準備をしていたが、呼びかけられた女性は一向に顔を上げようとしない。

再び、助教が「小金沢教授、おじゃまいたします。今日からこの大学にお入りになる講師の方です」と声をかけると、「あら、ごめんなさい」と言って、やっと顔を上げた。

夏子はその女性の顔を見た。美人というよりはかわいらしい感じの顔立ちだった。こちらも紺色のスーツを着て、白いブラウスを着ている。違うのは眼鏡だった。教授は、茶色の縁の華奢なものをかけている。

事務局長が揉み手をして、おもねるように言った。

「小金沢教授、ご研究中を失礼いたします。今年からこの大学に来てくださることになった、神崎夏子先生です。専攻はロシア文学です」

「神崎夏子と申します。よろしくお願いいたします」

夏子は丁寧に頭を下げた。

小金沢は「あら、そうなの。私は、小金沢順子《じゅんこ》です。仏文科です。よろしくね」と早口に名乗ってから、事務局長の方に向かって「よかったわ、露文科の先生を入れてくれて。これで、私の負担が軽くなるのね。やっと自分の研究に専念できるわ」とホッとした様子で言った。

「え、あの、それはどういう意味でしょうか」

夏子は不思議に思い、尋ねた。

事務局長が、小金沢の代わりに答えた。

「小金沢先生には、ご専門のフランス文学の他に、ロシア文学の講義もお願いしていたんです。先生は知識が広く教養の高い方ですので、ロシア文学の方にも精通していらっしゃって……」

小金沢が、事務局長の言葉を遮った。

「でも、ロシア語の発音にはちょっと苦労しちゃったわ。ずっと前に、独学でやっただけだったから」

彼女の顔には、笑みが浮かんだ。

笑うと知的な顔立ちに親しみやすさが生まれて、一層かわいらしい表情になった。感じのいい人だな、と夏子は思った。

小金沢の笑いに合わせるように、助教も事務局長も笑った。

☆

入学式は大聖堂で行われた。

保護者に付き添われた新入生たちが、演壇を見つめている。学長先生の話の後、お姉さん校の山百合大の聖歌隊が壇上に上《のぼ》り、賛美歌を五曲ほどうたった。その美声に、夏子は心を洗われる思いがして、気がつくと涙が頬を伝っていた。「そうよね、私も一年生なんだもの、泣けるはずだわ、泣いていいのね」と思った。

2

その日の帰りは、夏子はバスには乗らずに、駅までの道を歩いた。

春の風にコートの裾をなびかせて歩くのは、心地よかった。

突然背後から「神崎先生」と呼びかけられた。

振り向くと、助教の下田だった。彼女は小走りに夏子の方へ来る。

「今日はお疲れになりませんでしたか」

下田は話しかけてきた。

「少し緊張しましたが、大丈夫です」

夏子は、彼女の気遣いが嬉しかった。

下田は夏子と並んで、歩き出した。

「小金沢先生の印象はいかがでしたか」

「とても素敵な先生でした」

下田はやっぱりというような顔をして、言った。

「でしょう？　あの若さでもう教授なんですよ。優秀ですよね。カッコいいですよね。……あの研究室だけでなくほかの研究室の人たちにも好かれています。学生たちにも絶大な人気です。だから、小金沢先生の授業には、仏文科でない学生もたくさん詰めかけているという噂です。もちろん、この私も大ファンです」

「そうなんですか。とてもわかる気がします。……あの若さっておっしゃいましたが、今おいくつなんですか」

「やっぱり年齢が気になるんですね。四十四歳だそうですよ」

「はぁ、そうですか」

「あ、なんだか、神崎先生のお顔赤くなっているみたいですよ。もしかしたら、今日一日で小金沢先生にノックアウトされましたか」

「いえ、そんな。冷やかさないでください。でも、あんなに素敵な先生なんですもの、さぞ男性にモテるでしょうね」

「それが、そういう噂はまったくないんです。ロマンスの匂いがまったく感じられないんですよ」

「研究一筋の方だからでしょうか」

「どうでしょうね」

京王線の桜上水駅が近づいてくると、下田は足を止めた。

「私、駅の手前から、仙川行きのバスに乗るんです。……じゃ、明日からもよろしくお願いいたします。それから、小金沢先生にちょっかいを出さないでくださいね」

「ちょっかい？　それ、どういうことですか」

夏子は、下田の言葉の意味が理解できなかった。

下田は夏子の質問には答えずに、駅の方へと走り去った。

夏子は、少しの間ポカンとして、その後ろ姿を見送った。

第三章

1

翌日は、在校生たちの始業式だった。

夏子が、遠慮がちに「仏文科・露文科・談話室」に入って行くと、小金沢順子はもう来ていて、自分の席で専門の本を読んでいた。

今日の服装は、昨日の入学式とはうって変わって、黄色のセーターにグリーン系のチェックのパンツというラフなものだった。そのせいか、昨日よりももっと幼くかわいらしく見えた。四十四歳には、とても見えない。

「おはようございます」

夏子はまわりを気にしながら、小さな声で挨拶をした。

「あら、おはよう」

小金沢は、すぐに挨拶を返してきた。

「先生はお早いんですね」

「私、朝に強いのよね。早く目が覚めちゃうの」

「……」

「ところで、今年度は、ロシア文学科に何人入ったのかしら?」

「……一人です」

「そう、それは残念ね。だけど、仕方ないわね。女の子で、ロシア文学をやろうなんて人は、ほとんどいないんじゃない? それに、今どきはロシア文学は流行らないものね」

「ロシア文学のよさは、わかりにくいのかもしれませんね」

「そうそう、今年は、スペイン文学科に五人入ったんですって。事務局長が喜んでたわ。ロシア文学科は、一気に負けちゃったみたいね」

小金沢の顔を見ると、にんまりとしている。

夏子は、こんなことを露文科の私の前ではっきり言うなんて、小金沢はかわいくて邪気のない顔をしているけど、結構そうでもないのかもしれないな、と思ってしまった。

小金沢が夏子に訊いた。

「神崎先生。あなたはロシア文学では、どの作家の作品が好きなの？」

「私は、ゴーゴリの作品が好きです」

「ゴーゴリというと、『外套』『鼻』『検察官』かしら」

「ええ。それと、『死せる魂』ですね」

「ロシア文学の原点みたいな作家よね、ゴーゴリという人は」

「ええ、ドストエフスキーも言っています。『私たちは皆ゴーゴリから生まれた』って」

小金沢はかけていた銀縁の眼鏡を外して、夏子の方をまっすぐに見た。たぶん老眼鏡なのだろう。

小金沢の目は二重まぶただった。黒目は、真っ黒というよりも少し茶色味を帯びていた。長いまつ毛がまばたきするたびに揺れる。すると、今までの幼さは消え、急に年齢《とし》相応になった。

彼女は夏子をじっと見ている。その目が寂しげだったので、何か哀しいものを持っている人なのかもしれない、と夏子は思った。さっき抱いた嫌悪の感情が消えていった。

☆

始業式から二週間は、いろいろな講義を見て回る期間に充てられた。

学生たちの、特に新入生たちの選択科目も決まり、大学は落ち着きを見せてきた。

2

一限目を告げるチャイムが鳴った。

「仏文科・露文科・談話室」のドアが、ドンドンと強めに叩かれる音がした。

小金沢が「はい、どうぞ」と答えると、事務局長が面接の時と同じようにせかせかした態度で入ってきた。

「失礼します。……神崎先生、やはりこちらにいらしたんですか。研究室のお席にいらっしゃらなかったから、こちらかと思って来てみたんですけど、初めての授業ですから、私が教室までお連れしようと思いまして……」

「ま、事務局長さん、若い女性には親切なんですね」

小金沢が皮肉めいたことを言った。

「いや、そういうわけではなくて……」

「いいんですよ、無理しなくても」

「小金沢先生も私なんかから見たら、十分お若いです」

「あら、事務局長さんは、今おいくつなのかしら?」

「先生、年齢のことなんかどうでもいいじゃないですか。先生はこの大学の看板教授なんですから、小さなことにはこだわらないで……」

夏子はふたりのやりとりを聞いて、クスッと笑った。

「神崎先生、どうして笑うんですか」

小金沢は、夏子の笑いを聞き咎めた。

「いえ、別に」

夏子は下を向いて、それ以上は笑わないように気をつけた。

廊下に出てくると、事務局長が言った。

「小金沢先生は外見もいいし、優秀な先生で学生たちの憧れの的《まと》なんですけど、ちょっと困る時があるんですよ、さっきみたいにからんでくることがあって」

「そう……ですか。確かに小金沢先生には魅力がありますよね」

夏子は軽く受け流す気で答えた。ところが事務局長は思いがけないことを言った。

「実は、私は、小金沢先生は心に屈折したものを持っていらっしゃるのではないか、と思ってるんですよ」

「え？　そんなこと、はっきり言っちゃっていいんですか、まだ来たばかりの私に向かって？」

夏子は驚いて訊いた。

「いいんですよ。ただ興味深いのは、変わったところのある人なのに、結構人間好きなのか、ご自分の教授室よりもみんなが集まる談話室にいることが多いんですよね」

「そ、そうですか……」

「私がこう言ったからって、神崎先生は誰かに告げ口するような方じゃないでしょう？」

「それは、もちろんですけれども……」

「神崎先生は、わきまえのある方だと思っていますから、私は安心して言っています」

「そうですか。ありがとうございます」

3

事務局長は夏子を、中廊下を通って隣の建物に連れて行き、エレベーターのボタンを押した。

エレベーターに乗ると、事務局長は言った。「神崎先生にお会いして、ロシア文学なんかを真面目にやる女の人を、私は初めて見ましたよ」

夏子が「そうでしょうね」と相づちをうつと、「あ、ごめんなさい。ロシア文学なんかっていう言い方、失礼でしたね」と彼は謝った。

夏子は笑顔で言った。

「いいえ、別に気にしません。ロシアって国のこと、みなさんはよくわかっていないと思いますから」

「ええ、わかりません。でも、神崎先生はロシアに二年間も留学していたんですね。ロシアって、治安の悪い怖い国じゃなかったですか」

「そんなことはありませんでしたよ。ちゃんと暮らしていれば快適なところでした。赤の広場は、私の散歩コースになっていましたし。赤という言葉は素晴らしいという言葉と同義語なんです。だから、赤の広場というのは素晴らしい広場、ということになるんです」

ロシアのことを説明するとき、夏子はいつでも饒舌《じょうぜつ》になった。

「はぁ、赤の広場ですか。……あ、着きました。この階です」

ふたりは四階でエレベーターを降り、人気《ひとけ》のない廊下を歩いた。

「さぁ、ここです。四〇三号室が、主にロシア文学科の学生さんたちが使うお部屋です。どうぞお入りください。私はこれで失礼いたします」

「案内してくださって、ありがとうございます。それでは、また」

夏子は頭を下げて、部屋のドアノブに手をかけた。

4

開けてみると、こじんまりとした部屋だった。少ない人数に合わせて、この部屋が割り当てられたのだろう。

真ん中に楕円形のテーブルがあって、そのまわりに、三人の学生が座っていた。人数の少ない露文科なので、二年生と新入生が同居していた。

人の気配を感じた三人は、顔を扉の方に向けていた。

夏子は三人に明るい声の調子で「ズドラーストヴィーチェ！」と呼びかけた。去年から入っているふたりの学生が「ズドラーストヴィーチェ！」と返してくれた。今年の新入生だけが「何、それ？」という顔をしていた。

「今のは、ロシア語の挨拶よ。こんにちはという意味で、いつでもどこでも使える便利な言葉なのよ。英語のハローみたいなものよ」 夏子は新入生に教える意味で、日本語の意味を言った。

そのあとに、正式に挨拶をした。

「今年からロシア文学を担当することになった、神崎夏子です。よろしくお願いいたします。皆さんのことは、あらかじめ聞いてきました。二年生の本田さんと峰口さん、それから今年入学した筒井さんですね」

学生三人は、座ったままでお辞儀をした。

「今日はロシア語鑑賞の時間にあたっているけれど、まずは、どうしてロシア文学をやろうと思ったのか、簡単でいいですから言ってみてくれないかしら？　……それでは、本田さんからお願いします」

指名された学生は、その場で立ち上がった。「本田鞠子《ほんだまりこ》です。私は、何か新しいことをやりたくて、この科に入りました。でも、去年は、日本語でロシア文学を読むのが精一杯で、たいしたことはできませんでした。今年は気持ちも新たに、神崎先生のもとでがんばっていきたいと思っています。どうぞよろしくお願いいたします」

「よろしくね。では、峰口さん、お願いします」

夏子は礼を言ってから、次の学生を指名した。

「峰口玲子《みねぐちれいこ》です。私も本田さんと同じような動機で、この大学の露文科に入りました。私はもともと英語が好きだったのですが、ちょっと生意気なことを言わせてもらえれば、英語じゃ他人《ひと》と差がつかないかな？　と思ったんです。それじゃ何語がいいかな？　と考えた時、ロシア語なら変わっていていいんじゃないかという結論になりました。でも去年一年間やってみたらかなり大変で、今年はどうなるかわかりませんが、よろしくお願いします」

「よろしく。それでは、新入生の筒井さん、お願いします」

「筒井麻美《つついあさみ》です。私はロシア語もロシア文学も全然知らないのに、この学科に入ってしまいました。本当は、英米文学科に入ろうと思ったんですが、保険を掛けておこうと思い、仏文科、独文科、露文科にも願書を出しておきました。そしたら案の定、英米文学科に落ちてしまいまして、仏文、独文も続けて落ち、最後の露文科だけ受かりました。今思うと、お情けで合格させてくれたんじゃないのかな、って思います。それで入ったというわけです。各学科の試験の日程がずれていてよかった、と思います。よろしくお願いします」

筒井の話の途中で、本田と峰口は笑い出した。

夏子も笑った。

それから言った。

「よくわかったわ。よろしく。私は、ここへ入った経緯《いきさつ》は気にしないわ。やる気を起こしてロシア文学とロシア語に取り組んでくれればそれでいい、と思っているの」

「教材は何を使うのですか」

急に真面目な声で、筒井が尋ねた。

夏子はハッと胸を突かれる思いで、筒井の顔を見た。

実は、気丈でしっかり者の夏子は、面接を受ける前に、研究資料と一緒に指導カリキュラムも提出していたのだった。だから、その意気込みが高く買われて、すんなりと早百合大に雇われたのかもしれない。彼女はひそかにそう思ったりしていた。自分の他にも応募者はいたのだろうかと考えることはあったが、まだそれを尋ねる段階ではない、と思った。

夏子は、少し胸を張るようにして答えた。

「ロシア文学鑑賞の時間には、ツルゲーネフの『初恋』を使おうと思っています。もちろん最初は日本語で読んでよく内容を理解するようにして、それからロシア語で訳していけるようになったらいいと思っています。筒井さんはツルゲーネフという作家のことは、知っていましたか」

「ツルゲーネフ？　聞いたことがないわ！」　新入生の叫び声を聞いて、上級生ふたりは再び笑った。

「でも題名がステキ！　『初恋』なんて、超ロマンチック！」

筒井は感激したように言った。

「四年間、しっかりと勉強してくださいね。苦しいこともあるでしょうけれど、それは、どこの国の言葉をやっても同じことだと思いますから、挫《くじ》けないでください」

「はい、わかりました。でも、神崎先生みたいな若くてきれいな先生がロシア文学科の先生だなんて、びっくりしちゃいました。よぼよぼのおじいちゃん先生が出てくるかと思っていたのに……」

筒井が嬉しそうに言った。

夏子は返す言葉もなく、ただ苦笑するばかりだった。


授業が終って、夏子は昼食を摂るために、学生食堂へ出向いた。さりげなく学生たちの会話を聞いてみたいという意図もあった。

夏子は学生の中に混じって、イタリアンハンバーグ定食を食べた。まわりにいるのは、まだ夏子のことを知らない学生ばかりだった。見た目の若々しい彼女のことを、自分たちの仲間だと思っているようだ。

食事が終わり、席を立とうとした時、小金沢がやってきた。

「ここだったのね。二時限目が終わっても談話室に戻ってこないから、ここじゃないかと思って、来てみたのよ」

「学生気分を味わっていたんです」

「へぇ、そう。ところで、ロシア文学科の学生たちの印象はどうだった？　私、早く知りたくてうずうずしてたのよ」

「今年二年生になったふたりの学生さんたちは、去年は小金沢先生が教えていらしたんですよね？」

「そうよ。真面目な人たちだったわ」

「ええ。なかなかやる気のある学生さんたちでした」

「神崎先生がそう思ったのなら、よかったわ。今年の新入生はどう？」

小金沢は興味深げに訊いた。

「そうですね。まだ何とも言えませんが、これからロシア語にもロシア文学にも慣れていってくれると思います」

「たったそれだけ？　つまらない感想ね。その人、仕方なしにロシア文学科に入ったんじゃなくて？　ほかの科に落ちて、最後にロシア文学科に受かったから嫌々だけど来た、とか言ってなかった？」

夏子は声を低くして言った。

「……小金沢先生、憶測《おくそく》でものを言うのはやめてください。それに、こんなところでそんなことを口にするのはどうかと思います。そういうことは、別のところで……」

「私は教師である前に研究者なの。研究ができれば学生に教えなくても別にいいの。学生に嫌われてもいいのよ。慕われる先生になることが、私の目標じゃないんだから。だから、神崎先生みたいに、学生に気を遣《つか》ったりはしないんです」

「そんな……」

夏子は唖然《あぜん》とした。

事務局長の言ったことは、当たっているかもしれない。

――小金沢教授という人は、屈折した感情を持っている。

5

翌週のロシア文学鑑賞の時間までに、ロシア語演習の時間が二時間あった。

そのうちの最初の時間。

「ロシア語のアルファベットを覚えましょう」

夏子は黒板に順に書いて、それを自分が正確に発音してみせた。

「二年生の人たちはごめんなさいね。ちょっと我慢していてね。新入生の筒井さんに教えなくちゃいけないから」

二年生たちはニコニコしていた。

「先生、いいですよ。私たちはツルゲーネフの『初恋』を自分たちで訳していますから」

「そう、それは助かるわ。じゃ、筒井さん、ロシア語のアルファベットをやりましょう」

筒井は胸を張って言った。

「先生、私、アルファベットはもうできるんです。自分で何度もやってきましたから」

「アルファベットがわかると、辞書が読めるようになって、勉強に弾みがつくのよ」

「はい、そう思いました。それで、やってきたんです」

夏子は、筒井麻美という新入生の努力がとても嬉しかった。この授業が終わったら、小金沢に自慢してみようかな、という気になるほどだった。


ロシア語演習の二時間目。

夏子が教室に入って行くと、三人の学生たちは揃って席に着いていた。机の上には、めいめいのロシア語の辞書が置いてあった。

「一応けじめですから、三人しかいない授業でも、今回から礼をしましょう」

夏子が言うと、三人は素直に頭を下げた。

「何かロシア文学に触れましたか」

夏子が訊いた。

一年生の筒井麻美が張り切って、発言した。

「私は、この大学の図書館に行ってみました。そしたら、短いものが数冊あったので、その中の二冊を借りてきて読みました」

「それは何かしら？」

「プーシキンの『スペードの女王』と『ペールキン物語』です」

「それでどうでしたか」

「すごく面白かったです。ロシア文学がこんなに面白いとは、知りませんでした。今まで損してたなぁ、と思います」

筒井の言葉を聞いて、二年生たちはうなずいている。

夏子が言った。

「実は私も筒井さんと同じだったのよ。私が最初に読んだのも、『スペードの女王』と『ペールキン物語』だったの」

夏子の言葉に対して、筒井は感激した声で叫んだ。

「ええっ、そうだったんですか！　それじゃ、私もがんばれば、先生みたいになれるかもしれないいんですね！」

「そうよ。私みたいになんて言わないで、私を越していってください」

「わぁ、そんなふうに神崎先生に言ってもらえるなんて。これからもがんばります！」

夏子は、自分の言葉にも筒井の言葉にも感動していた。

第四章

1

夏子は、授業から小金沢のいる談話室へ戻って来た。最近の彼女はもっぱら、小金沢と下田のいる談話室に来て、時間を過ごすようにしていた。

机の上に、一枚の紙が折りたたんで置いてある。

開いてみると、こう書かれてあった。

「神崎夏子さま
今夜、時間はありますか。もしあるようでしたら、あなたの歓迎会をしたいと思います。小金沢」

歓迎会？　皆での歓迎会はもうとっくに開いてもらってるけれど……。

夏子も、小さな紙を机の引き出しから取り出して、返事を書いた。

「私は今夜時間があります。でも、歓迎会ならこの間皆さんに開いていただきました。神崎」

夏子は、返事を小金沢の机に置いた。小金沢は、すぐにその紙を開き、中を見るとにっこりした。

引き出しから新しい紙を取り出すと、夏子の目の前でまた何ごとか書き始めた。

「皆での歓迎会ではなくて、今夜はふたりきりの歓迎会を開きましょう。私とふたりきりでは、おイヤかしら?」

夏子は、紙の空いているところに、こう書いた。

「イヤなんてことはありません。とても嬉しいです」

小金沢は、夏子の書いた文のすぐそばに、また書いた。

「今夜午後六時に、私の車のところで待っていて。駐車場の五番よ」

夏子は紙に書くことにもどかしさを覚えて、「あ、それじゃ……」と声に出して言いかけた。

小金沢は人差し指を唇に当てて「静かにして」というジェスチャーをした。

それからまた新しい紙を出して「紙を使ってね」と書く。

その紙を夏子に見せる。

夏子が「何の真似ですか？　いちいち紙に書くなんて」と書くと、小金沢はフフフと小さく笑って「気分が変わっていいでしょう？」と書いた。

その時、部屋の隅の方にいた助教の下田が飛んできた。

夏子と小金沢の様子に不審感を抱いたようだ。

下田はとがった声を出した。

「大学内で、教授と講師が手紙のやりとりですか。中学生じゃあるまいし、ちょっとは大人としての分別を持ってくださらなくちゃ」

「下田さん、あなた、やきもちをやいてるのね？」

小金沢はここで声を出した。

「やきもちなんてやいていませんよ。教授は時々子供っぽいことをなさるから、ご注意申し上げているだけです」

「この間は、その子供っぽいところがステキ、って言ってくれたじゃないの」

「そんなこと、何もここで言わなくも。神崎先生の前で内輪のことを言うなんて、ひどいです。やめてください」

夏子は、痴話喧嘩のようなふたりの言い合いを、当惑しながら眺めていた。

「下田さん、もうやめましょう。神崎先生がびっくりしてるじゃないの」

小金沢が言った。

「先生が神崎先生と手紙の交換なんてことをなさるから、私は黙っていられなかったんです！」

下田は、まだ興奮していた。

夏子はふたりの仲裁をしようとした。

「あ、あの、私もいけないんです。下田さん、小金沢先生のことばかり責めないでください。先生は私のことを気遣ってくれて、労をねぎらう内容の手紙を書いてくださっただけですから」

「……とにかく、私は、今夜を楽しみにしているわ」

小金沢は、にんまりと笑った。

「今夜？　今夜って何ですか。聞き捨てなりません！」

下田は顔を紅潮させて、ヒステリックに叫んだ。

「下田さんは黙っていてください」

小金沢は、叱るような口調で言った。

「先生、ひどいわ、私の前で……」

「下田さん、静かに！　いいですね、これは私からの強いお願いです！」

小金沢はさらに厳しい口調で言って、下田を黙らせた。

小金沢は、それから一切しゃべらなくなった。机におおいかぶさるようにして、フランス語の文献を読み始めた。

下田は夏子を恨めしそうに見た。夏子はその視線から目をそらした。

下田は肩をすくめて、談話室を出て行った。

2

午後六時に、駐車場の指定された場所で夏子が待っていると、小金沢が小走りにやって来た。

「ごめん、ごめん。帰り際に事務局長がどうでもいいことを言ってきたのよ。相手してたら遅れちゃった」

両手を合わせて、ゴメンナサイのポーズをしている。

「ところで、私、いつもよりかわいいカッコしてると思わない？」

小金沢にそう言われて、夏子は初めて彼女の全身を眺めた。

「……先生、パンツからスカートに履き替えてきました？」

「そうなの。スカートなんてあまり履かないんだけど、今夜は神崎先生とのディナーですもの。大学に置いてあるフレアースカートに履き替えてきちゃった。いざという時のために、ロッカーにスカートを一枚だけ置いてあるのよ」

小金沢はクルっと回って見せた。

「先生、もしかしたら遅れた理由に、スカートに履き替えていたから、というのもあるんじゃ……ないですか」

夏子が尋ねると、小金沢はそれには答えずに「さあ、車に乗って、乗って！」と急がせた。

3

小金沢が夏子を連れて行った先は、高級フランス料理店だった。

夏子は、門を入るとすぐに辺りを見回した。不思議なことに、木々の間に湖がある。その湖の上に、店が浮かんでいる。どうやって店に近づいていくのか、興味津々だった

「素晴らしい演出がしてあるお店ですね。こういうお店って、憧れだったんです！」

「神崎先生って、素直なのね。連れて来た甲斐があるわ」

小金沢は、心の底から愉快そうに笑った。

ふたりは店へと続く小径を歩いていた。宛《あたか》も湖の上に浮かんでいるように見えた店は、遠くから見ていたから、そう見えたのだ。本当は、かわいらしい道が、店の入り口まで導いてくれているのだ。

店の中へ入ると、ギャルソンが恭《うやうや》しい態度で、席へと案内してくれた。店内は少し暗い雰囲気になっていて、キャンドルの光がアクセントになっていた。

席につくと、夏子は小声でささやいた。

「今夜こんなところへ来られるのなら、私もおしゃれしてくればよかったわ。それこそ、スカートでも履いて……」

「大丈夫。神崎先生はいつもステキだから」

「いえ、そんなことないですよ。たぶん疲れた顔をしてると思います」

「ううん、ちっとも。今日も、あなたの目は知的に輝いているわ。あなたの目の前には、どんな宝石も色褪《あ》せてしまいそう」

小金沢はこう言って、夏子の目をじっと見つめた。

ギャルソンがワインを注ぎに来て、ふたりのおしゃべりは途切れた。

ふたりは乾杯をした。

前菜が出てきた。海の幸である小海老と蟹と帆立を丸くケーキのようにまとめて、まわりには、薄く切ったきゅうりが巻いてある。きゅうりの外側には、キャビアが張りつけられていた。

夏子は、前菜の芸術的な見た目に感激して食べた。

二皿目にも前菜が出てきた、鶏肉と小エビのシチューをパイ皮で包んだものだった。

三皿目は、魚料理だった。オマール海老の冷製とサーモンのソテー・レモンバターソースだった。

「素晴らしいお料理ばかりですね。いつもこんなに高級なものを召し上がっているんですか」

夏子は思わず訊いてしまった。

小金沢は満足げに微笑んだ。

「最低でも三月《みつき》に一度くらいは来たいと思うんだけど、なかなかそうもいかなくてね。……今夜はあなたが感激して食べてくれるから、とってもいい気分よ。……あっちにいるギャルソンたちが、あなたのことばかり見ているのに気づいてる？　あなたのことが気になるみたいよ」

夏子は壁際に立っている数人のギャルソンを見た。一人の碧眼《へきがん》のギャルソンがウインクをしてきたので、驚いた。

小金沢がやや改まった口調で、夏子に質問した。

「神崎先生のご家族のことを知りたいわ。聞いてもいいかしら？」

「ええ、もちろんです。私の父は……」

夏子は、家族が教師一家であることを説明した。終わりに「……兄はT外語大で、アラビア語科の講師をしています」と言うと、小金沢は少し驚いていた。

「アラビア語科？　アラビア語ができるなんて、貴重な人材ね。イラク戦争以来、アラビア語ができる人が重んじられるんじゃない？」

「そうみたいですね」

夏子は深くうなずいた。

「神崎先生のお家《うち》は、語学一家なのね。だけど、どうして神崎先生はロシア文学をやろうと思ったの？」

「小学校六年生の時、父に連れられて劇団四季の『カラマゾフの兄弟』を観に行ったんです。その時深く感じるものがあって……それが私とロシア文学との初めての出会いでした。中学、高校とロシア文学を読み進めていくにつれて、どういう言葉でこれらの文学が書かれているのかすごく知りたくなりました。それで、ロシア語を学び始めたんです」

「そう、小学校時代に素晴らしい体験をしたのね。お父様のおかげね。そのときの体験が原点になって、将来の職業にまで続いているってことなのね」

夏子はにっこりした。

「はい、結果的にはそうなったんですね。六年生のときに観たあの演劇のいくつかの場面が、今でも脳裏に焼きついています。フョードル家の次男イワンが『神が勝ったわけじゃない！　俺はまだ生きているぞ！』と叫んだ場面も、四男で下僕のスメルジャコフが首を吊る場面も忘れられません。彼が首を吊っているところは、舞台の右端でした。彼の傍らで、ほかの登場人物たちは演劇を続けていました。とても奇妙な感じがしました。私は子供だったので、首を吊っている人が気になってしかたがありませんでした」

「そう。今でもそんなに覚えているなんて、よほど印象が強かったのね」

小金沢は感心して聞いていた。

ここで、ギャルソンが、メインディッシュを運んできた。国産牛のフィレステーキ・粒マスタードソースがけだった。

「……今度は、小金沢先生のお家《うち》のことをお尋ねしてもいいですか」

夏子は遠慮がちに訊いた。

「……私のこと？　聞きたいの？」

「あ、……いいんです。無理にとは……ごめんなさい」

小金沢は、軽くため息をついてから答えた。

「いいわよ、話しても。でも、私のことを聞いたら、せっかくのメインディッシュが美味しくなくなっちゃうから、このステーキを食べてからにしましょう」

夏子と小金沢は、それからは一言もしゃべらずに、食事に専念した。

長めの沈黙の後で、小金沢が口を開いた。

「私の性癖のこと、一風変わっていると思っているでしょう？」

「……」

「……私の父は早くに亡くなったの。それで母が私の中学生のときに再婚して、その再婚相手がひどい男性《ひと》で、一見紳士風に見えるんだけど、陰で義理の娘に手を出すようなひどい人だったのよ」

「え？　そんなひどい人と一緒に暮らしていたんですか。お母様にそのことを伝えなかったんですか」

「言ったらひどい目に遭わせる、ってその男に脅されていたから……」

「その人のせいで、男の人に対する不信感が募って、気持ちが……同性に向いてしまったんですか」

「そうかもしれないわ」

「それで……あの助教の下田さんと交際していらっしゃるんですか」

「ううん、交際なんかしてないわ。だって、私、彼女のこと、なんとも思っていないんだもの」

　小金沢はそう言って、笑った。

「でも、彼女の方では先生のこと、かなり気にしているみたいですけど」

「下田さんは、一時的な感情で、私のことを好きだと言っているんだと思うわ。ほら、夏目漱石も『こころ』の中で、先生という人に言わせているじゃない？　先生が主人公に恋愛について語る場面があるでしょう。どう言ってたか正確には覚えていないけれど、『あなたは女性に心を動かされる人です。でも正式な恋愛の入る前のひとつの段階として、同性の私に恋心を抱いているだけです』みたいなことだったわ」

「ああ、そんな場面がありましたね。私も『こころ』は好きな作品です」

夏子は、目でうなずいた。

「だからね、今は下田さんの身近に恋愛の対象になりそうな男性がいないのよ。それで、私に気持ちが向いたんだと思うわ。私は下田さんよりもずっと年上で、教授という立場にいるのだから、相手にしても何も厄介なことは起こりそうもないじゃない？だから、あの人にとって、私は好都合なのよ。それだけのことだと思うわ」

「それじゃ、下田さんに恋愛の対象になるような男性が現れたら、彼女は先生から離れてそちらにいってしまうというのですね？」

「そうよ。そのとおりよ」

「あっさりしているんですね」

小金沢の答えに対して、夏子は思ったままを口にした。

「だって……。私、最初から下田さんは好みのタイプじゃなかったし。……神崎先生みたいな女性《ひと》だったらいいんだけどね」

「そう……ですか。そんなことを言われると嬉しいですけど、照れてしまいます」

夏子は自分の顔が熱くなるのを感じた。

「悪かったわ。言うべきではなかったかもしれない。軽率でした」

「早百合女子大学中でモテモテの小金沢先生にそう言っていただけるのは、もちろんとても光栄なんですよ。でも……何て言ったらいいのかしら？　先生の気持ちを受け入れられるかどうか、私には自信がないんです。たぶん……あ、ごめんなさい」

「わかっているわ。あなたは何も謝ることはないのよ。私は、あなたに何かを求めたりはしないつもりよ」

「あ、ありがとうございます、と言えばいいのでしょうか」

「あなたも下田さんと同じグループに属している人だもの。私とは違うわ。……ただあなたを見ていると、ちょっと胸の奥が疼《うず》くような感じになって、自分の中の女を強く感じるようになるの。私って自分よりも男っぽい女性が目の前に現れると、より女らしい気持ちが湧いてきちゃうみたいなの」

「え？　私のこと、男っぽいって言うんですか」

　小金沢は笑いながら、こう言った。

「そんなに驚かないで。別に男っぽいって言ってるわけじゃないわ。ちゃんと〈私より〉っていう注釈をつけて言っているでしょ。あなたの方が私よりも背も高いし、骨組みもしっかりしてそうに見えるから」

「確かに……そうですね」

夏子と小金沢の話が途切れたところで、さっきの碧い眼のギャルソンが声をかけてきた。

「デザートをお出ししてもよろしいでしょうか」

「あ、ええ、お願いします」

小金沢が答えた。

彼は、洋梨のタルトとアプリコットのシャーベットを運んできた。

彼は、小金沢の前にデザートを出すときにはさりげなくしていたが、夏子の時には彼女の顔をのぞきこむように見て、微笑んだ。夏子の方でも微笑み返した。

ギャルソンが立ち去った後、夏子は、おそるおそる小金沢に尋ねた。

「……それで、前の話に戻るんですが、先生は今、義理のお父さんとはどうなっているんですか」

「今の私は、一人暮らしをしてるわ」

「それはよかったです。もうその人のそばにはいないんですね」

夏子は、心底安堵した。

「すごく嬉しそうに言ってくれるのね」

「それはそうですよ。今もその人の毒牙《どくが》にかかっていたらどうしよう、と心配だったものですから」

「まさか、この年齢《とし》になれば、もう自分を守る術《すべ》を知っているわ。……このまま一人で生きていくわ。あなたはそのうちに結婚するんでしょ？」

「わかりません。結婚については、特に行動は起こさないつもりです」

「一生独身でもいいの？」

「ええ、だって、私は勉強している時が一番楽しいんですから」

「誰のものにもならないのね？」

「はい。少なくとも今は、ならないつもりです」

「いい覚悟だわ」

ここで、また同じギャルソンが、コース料理の締めくくりとして、コーヒーを運んできた。彼と夏子はまた軽く微笑み合った。

第五章

1

夏子のロシア文学科の授業は軌道に乗ってきていた。

特に、今年の一年生、筒井麻美のがんばりには目ざましいものがあり、夏子を大いに喜ばせた。

筒井の態度に刺激を受けた二年生たちも、どんどんツルゲーネフの『初恋』を読み進めていた。

勢い、ロシア文学科の教室には、熱気が満ちていく。

筒井が元気に報告した。

「私、チェーホフの『桜の園』の演劇を観にいってきました！」

「まあ、『桜の園』の演劇を？　今ロシアの劇団が来ているんだったわね」

夏子は嬉しくなった。

二年生のひとり、本田鞠子が『桜の園』の内容に触れた。

「私は『桜の園』の演劇は観ていないんですけど、本では読んだことがあります。農奴《のうど》の息子で使用人であるロバーヒンという男が、ラネーフスカヤという女主人の屋敷を買い取ってしまうんですよね。その屋敷は桜の園と呼ばれていて、毎年春には美しい情景を見せてくれていたんです」

もう一人の二年生の峰口玲子も、感想を述べた。

「ラネーフスカヤは浪費家だったんですね。それで、多額の借金をつくってしまい、桜の園を手放さなくてはならなくなった。でも、実際にそうなった時にはひどくショックだったでしょうね。もし自分がそんな体験をしたら、って思うと本当に怖いです」

夏子はひどく満足して、三人の学生の話を聞いていた。

学生たちの話が一段落すると、夏子は彼女たちの顔を順に見ながら、こう説明をした。

「そうですね。……農奴の息子で、幼い頃には女主人にかわいがられたロバーヒンでしたが、今は商人として成功し羽振りもよくなっています。だから、彼は彼なりに、桜の園をなんとかしようとしているんです。それはただ単に自分の支配欲のためだけではなく、ひとりの商人のまっとうな判断として、今、桜の園がどういう状況にあるのか、見極め、ラネーフスカヤのためになるには何をしたらいいのか、考えています。たとえば別荘地にして誰かに貸すとか、いくつかの提案をしています。でも、それらの提案は、お嬢さま育ちで苦労をしたことのないラネーフスカヤの同意を得られるはずはありません。いくつかの葛藤《かっとう》があり、結局、桜の園はロバーヒンのものとなります。……それで最後の場面を迎えるわけです。桜の木を切る斧の響きを聞きながら、ラネーフスカヤは桜の園の領地を去っていきます。そこで話は終わります」

夏子の話が終わると、三人の学生はため息をついた。

しばらくの沈黙があって、筒井が口を開いた。

「チェーホフのものには、ほかに『かもめ』『かわいい女』『ワーニャ伯父さん』などがあるから、ツルゲーネフの『初恋』の解釈が終わったら、それらをやってみたいです。ちょっと欲張りすぎかしら?」

彼女は言い終わると、ペロッと舌を出した。

夏子は、彼女を励ますように言った。

「『かもめ』『かわいい女』『ワーニャ伯父さん』と『桜の園』を合わせてチェーホフの四大戯曲と呼びます。筒井さん、勉強で欲張るのはとってもいいことです。どのくらいできるかは、皆さんの意欲にかかっています。どんどんやっていきましょう」

「そういえば、ロシア語にも検定試験というものがあるんですね。一番下の級でもいいから、早く受けられるように努力したいです」

筒井は今度は真面目に言った。

筒井の言葉を受けて、二年生たちも口々に言った。

「私も今年は受けることにします。できたら、下から二番目くらいの級を受けたいです」

「そうですよね。筒井さんが一番下を受けるなら、その上くらいのところを狙わなくちゃ。私たち去年一年やったんですから」

夏子は学生たちの建設的な言葉を聞いて、礼を言った。

「そんな言葉をこんなに早く聞くことになるなんて、思ってもみなかったわ。ありがとう」

夏子が部屋にいると、事務局長がやって来て、尋ねた。

「小金沢先生が『赤と黒』の翻訳本を出すことになったんですが、もう聞きましたか」

「いいえ、まだです」

「先生はとても喜んでいらっしゃいます」

「そうですか。素晴らしいことですね。それでは、先生のところへちょっとお話を伺いに行ってきます」

夏子は、小金沢のいる仏文科・露文科・談話室へ行った。

ノックをすると、下田が開けてくれた。

「あ、下田さん」

夏子は彼女に呼びかけた。

「神崎先生、この間は小金沢先生とお楽しみだったんでしょ?」

彼女は冷たい声で、皮肉めいたことを言った。

「下田さん、よけいなおしゃべりはやめてください」

小金沢が、厳しい口調で彼女を制した。

そのあと夏子の方へ向かい、「神崎先生、どうぞこちらへいらっしゃいな」と、来客用のソファに座るように勧めた。

夏子が座ると、自分も夏子の正面の椅子に腰掛けた。

夏子は尋ねた。

「先生、『赤と黒』の翻訳をされると聞きました。とてもいいお話ですね」

「そうなのよ。前から話はあったんだけどね、実は今日、陽光出版の人が来て、正式に決まったのよ。翻訳本は、時代に合わせて、時々は訳し直していく必要があるでしょ。前に訳されたものを、今読むとおかしな感じがすることがあるものね」

「それは、よくありますね」

「私はジュリアン・ソレルが好きなのよ。すごく魅力的な男性ですものね」

「先生、男性にも魅力を感じることがあるんですね」

夏子は声をひそめて訊いた。

「それはそうよ。男性でも女性でもステキな人はステキだと思うわ。男とか女とか関係なく、人間として認めるのよ」

「いいことを言いますね。私も同感です」

夏子は嬉しくなった。

3

その日、夏子が職員用の玄関を出て、正門までの緩やかにうねった道を歩いていると、ロシア文学科の学生たち三人が走り寄ってきた。

「先生、今お帰りですか」

筒井が元気な声で訊いた。

「そうなの。帰り道で会うなんて、珍しいわね」

「私たち、今まで図書館にいたんです」

本田が言った。

「そうだったの。一緒に駅まで行きましょうか」

「わーい、行きましょう」

「一度でいいから、神崎先生と帰ってみたかったの」

三人の学生ははしゃいでいた。夏子は彼女たちの態度を、かわいらしく思い、微笑んだ。

「一度でいいから、だなんて、おおげさですよ。これからだって、いくらでも一緒に帰れますよ」


夏子と学生たちは、守衛に挨拶をして、正門を出た。

正門から駅までの道は、上り坂になっている。

夏子は額に手をかざして、前方を見た。

暑さのせいで、かげろうが立っている。

季節は初夏を過ぎ、盛りの夏へと移り変わろうとしていた。

桜上水駅が近づいてくると、交通量が増え、街は一段とにぎやかになってきた。人気のある飲食店の看板も数多く見えてくる。

夏子は学生たちと会食をしたいと思い、誘った。

「今日急いでいない人は、夕食をして行かない？　時間的には少し早目だけど、どうかしら？」

「えーっ、本当ですか。嬉しい！　嬉しすぎる！」

筒井が歓声を上げた。

「私も何も予定はありませんから、ご一緒したいと思います」

「私も大丈夫です」

二年生たちも答えた。

「そう、じゃ、全員で行けるわね。今までみんなを招待しなくて悪かったと思っていたのよ。今日はいい機会だわ。駅を通り過ぎて少し行ったところに、ロシア料理専門店があるのを見つけたから、そこに行きましょうか」

「ロシア料理のお店ですか。素敵！」

「興味、大ありです！」

「勉強になりそう！」

三人の学生は、即座にこう言った。


ロシア料理の店は、『マールト』という名だった。

「マールトというのは、三月という意味ですね。私、三月生れだから、この単語はすぐに覚えちゃいました」

筒井が興奮気味に言った。

夏子が地味目な木製の扉を開けると、ルバシカを着たボーイが「いらっしゃいませ」と迎えてくれた。

夏子たちはボーイに連れられて、店の中央のゆったりとした席に着いた。

そして、興味を持ってメニューを見た。

最初のページに「マールトへようこそ——私たちは、おいしい料理とくつろぎのひとときを提供いたします」と書かれていて、その次のページには、ロシア料理の名前が並んでいた。

「何がいいかしら？」と夏子が訊くと、三人の学生は「なんでも。神崎先生におまかせします」と答えた。

夏子は「じゃ、いろいろな味が楽しめるコース料理にしましょう」と提案して、給仕を呼んだ。

コースは、前菜、ボルシチ、シャシリク（羊肉の串焼き）、サラダ、黒パン、ジャム入り紅茶（またはコーヒー）で、成り立っていた。

料理が運ばれてくるたびに、学生たちは好奇の表情をし、喜びの声を挙げた。

食事が一段落して、食後のジャム入り紅茶を飲んでいるとき、夏子は学生たちに質問をした。

「みんな、ゴーゴリの『外套』はもう読んだかしら？」

「はーい、読みました。神崎先生のお気に入りの本だということでしたから」

筒井が真っ先に答えた。

本田も言った。

「私も読みました。あまりに面白くて、三回も読んでしまったくらいです」

峰口も答えた。

「私もです。古い外套を何度も繕って着ている主人公が気の毒で、私のお小遣いで、新しいものを買ってあげたい気持ちになりました」

「そう。全員が読んでくれたのね。ゴーゴリファンの私としては、とても嬉しいわ」

ロシア料理店『マールト』を出て、桜上水駅まで来ると、学生たちは、近くの本屋に寄ってから帰ると言い出した。

「それでは、また明日ね」

夏子は改札を入った。後ろを振り向くと、三人が手を振っていた。夏子も振り返した。

☆

夏子は、W大学の若月教授に電話をした。

教授は、都合よく教授室にいた。

「若月先生、ごぶさたしております。神崎です。今まで連絡をしないでいて、申し訳ありませんでした」

「あぁ、神崎君、早百合女子大の方は順調かね？」

懐かしい教授の声が聞こえてきた。電話機を通して聞く彼の声は、会って話している時にも増して明瞭だった。

「はい、なんとかうまくやっているつもりです」

「君はしっかりしているから心配はないと思ってたけど、気にはなっていたんだよ」

「ありがとうございます。教えている学生の数は少ないですが、意欲的な人ばかりなので、張り合いがあります」

「それはよかった。あの時、君に早百合女子大のことを勧めたのは僕だから、責任を感じてたんだ」

「勧めていただいてよかったです。毎日が楽しいです。

「それはよかった。そちらのロシア文学科では、教材は何を使ってるの？」

「ツルゲーネフの『初恋』です」

「僕はまた、君の好きなゴーゴリの作品を教材にしているのかと思った」

教授は、意外だという感じの声を出した。

「ゴーゴリのものは今のところ、学生たちがめいめい日本語で読んでいます」

「そう。でも、君がいきいきと早百合女子大で働いていて、本当によかった。安心したよ」

「ありがとうございます。今日はこの辺で失礼いたしますが、またお電話をさせていただきます」

「うん、また何かあったら、いや何もなくても電話して。待ってるから」

「はい、そうさせていただきます」

その後は、W大学の人たちの噂話を少しして、電話を切った、

☆

桜上水駅を降りた時に、腕時計を見ると正午になっていた。

夏の太陽はちょうど真上に来ていて、大学まで歩く夏子の頭や背に、容赦なく照りつけた。

夏子はひたいの汗を拭いながら、事務局の玄関ホールを入っていった。

『仏文科・露文科・談話室』のドアを開けた。

すると、彼女の机の上には、五、六本のダリアの花が飾られている。

「あら、このお花、誰が?」

そうつぶやいて、すぐに小金沢の机を見ると、そちらには数十本ものダリアが、どっしりと重みのある花瓶に活けられていた。

「神崎先生、それ、私です。夏らしいでしょう? 私から先生方へのプレゼントです」

下田が夏子に声をかけた。

「下田さんだったのね。ありがとう。とても嬉しいプレゼントだわ」

夏子は礼を言った。それから、少し声のトーンを落として、「でも、やっぱり、小金沢先生には……かなりたくさんなのね」と言った。

「ええ。小金沢先生には、多くしました。私の気持ちを、思いっきり伝えたくて。こうすれば、わかりやすいでしょう?」

「ええ、まぁ……」

「神崎先生と差をつけてしまって、申し訳ないとは思ったんですけど」

「いえ……いいんです」

「……ですから、前にもお願いしたように、くれぐれも小金沢先生にちょっかいは出されませんように」

「わかっていますから、ご心配なく」

夏子は、屈託《くったく》のない声で笑った。

第二部

第一章

1

その日、事務局長がやって来て夏子にこう告げた。

「神崎先生、特別教授会議を開きたいと思います。この会議は、通常の会議とはちがい、開く必要のあるときにだけ開かれるものです。今日の五時半に事務局棟二階の中会議室へお越しください」

「特別教授会議には、教授と准教授と講師が出席するのですか」

夏子は尋ねた。

「そうです。普通の教授会議には助教も出席できますが、特別という名前がついたら、教授、准教授、講師の三役だけの会議です。ああ、私は事務局長ですので特別です。私はどんな会議にも出席します」

「そうですか」

「今日はですね、私から提案したいことがありまして、特にロシア文学科に関係することですので、先生には絶対に出ていただかないとならなくて……」

「どんなことでしょう?」

「それは、出てのお楽しみです」

事務局長がもったいをつけて言ったので、夏子はちょっと不安な気持ちになった。


中会議室へ行くと、一人ひとり座る席が決められていた。

夏子の席は事務局長の正面だった。

よりによって、と思いながら座っていると、いろいろな科の先生たちが入って来た。

小金沢も入って来て、座った。

事務局長はメンバー全員が揃ったことを確認すると、話し始めた。

「特別教授会を始めさせていただきます。今回お集まりいただきましたのは、ロシア文学科のことについての提案なのですが……。ロシア文学科は、皆さんもご存じだと思いますが、志望する学生さんの数がとても少なくて……この先、爆発的に増える見通しもありません。もちろんこれは残念なことです」

夏子は彼の顔をじっと見つめた。

彼は巧《たく》みにその視線を避けて、話を続けた。

「それで、ここからが本題なのですが、露文科以外の学科、例えば英文科、仏文科、韓国文学科などですね、そういう学科を受験して不合格になった学生さんには、露文科への入学を打診してみる、ということにしたらどうかということなんですね。そうしたらいいのではと思いまして……ご提案申し上げる次第です」

「露文科を、落ちた学生さんたちの受け皿にするということですか」

小金沢がにやりと笑って尋ねた。

「えーと、まあ、そういうことですねぇ。そういう言い方もありますね」

事務局長は苦しげに言って、夏子の顔を見た。

「受け皿でなければ何かしら？　ゴミ捨て場？」

小金沢は、自分で言った言葉に自分でウケたらしく、声を立てて笑った。

夏子は、我慢できなくなって発言した。

「そんなことをしたら、露文科のレベルはどんどん下がっていってしまうのではないでしょうか。それは、この大学にとって、よくないことではありませんか」

事務局長は「神崎先生のお考えはもっともですが」と小さな声でつぶやいてから、こう言った。

「レベル云々するのはまだ先の問題ではないかと……。本学がまずしなければならないことは、学生さんたちを確保することです。それが先決でしょう。学生さんが来てくれなければ、レベルもへったくれもないでしょうからね。あ、へったくれだなんておかしな言葉を遣ってしまって、すみませんでした」

「露文科への入学を打診されても、入りたくないという学生さんもいるでしょうしね。世間には、ロシア文学にまったく興味がないという人は多いでしょうからねぇ。そうなるとせっかく入れてあげると言われても、辞退される方もいらっしゃるでしょう」

スペイン文学科の新堂教授が言った。

今年度、五人の入学生を得たスペイン文学科は、強気だった。特に、新堂という教授は、尊大な態度をとっていた。

「そうですね。そういう場合もおおいにあり得ますね」

韓国文学科の准教授が同意すると、それにつられたように独文科の講師も思いきったことをはっきりと言った。

「ロシア文学は、今はもうあまり読まれていないでしょう。それから、ロシア語を学んでいる人は、世の中にどれほどいるんでしょうかねぇ。あ、神崎先生、失礼いたしました。悪く思わないでくださいね」

「……みなさんのお考えはよくわかりました。……事務局長さんは、学校経営の面からも考えていらっしゃるのでしょう。露文科をすべての学科の受け皿にして、なるべく多くの学生さんを受け入れたいと思っている。そういうことなんですね？」

夏子の口調は冷ややかだった。

「神崎先生、先生は真面目で純粋な方ですから、そうおっしゃるんでしょうねぇ。でも、ちょっと考えてみてくださいよ。学生さんが来なければ、あなたの職もなくなって、おまんまの食い上げになるんですよ」

事務局長の言い方がおかしかったのか、出席者のほとんどが笑った。

夏子は苛立って、唇を噛んでいた。

事務局長は有無を言わせないような強い口調で「それでは、そういうことでいいですね。露文科以外の学科を受けて落ちた学生《ひと》には、露文科への入学資格が自動的に発生するということで……」と言い、部屋全体を見まわした。

夏子以外のメンバー全員がうなずいていた。

夏子がかなり不愉快な気分になりながら、談話室の自分の机に戻って来ると、助教の下田が彼女をからかった。

「神崎先生、大ニュースですね。小金沢教授から聞きましたけど、これから露文科が忙しくなりそうなんですってね」

夏子は、横を向いて完全に無視した。

2

事務局長の思惑通り、翌年のロシア文学科の学生数は驚異的に増えた。

本田、峰口、筒井の三人を合わせて、四十五人になった。

夏子は、大学中の人たちから「おめでとう」と言われた。

が、夏子は、この賛辞を素直には受け入れられなかった。皆、陰で舌を出しているのだと思った。

それが証拠に、小金沢が言う。

「どのくらいの人たちが残るのかしらね」

「残る？」

夏子が訊き返すと、小金沢はもう一度言った。

「だからね、今はとりあえず露文科に入学しているけどね、最後まで残る学生《ひと》は果たしてどのくらいいるのか、ってことよ。四年間は長丁場ですものね。普通の学生《ひと》には、そこまでの興味も根気も続かないいんじゃないかしら？」

「……」

「すべては、神崎先生にかかってるわね。先生の魅力でどこまで引っ張れるかだわ」

「私の魅力だなんて、おかしなことを言いますね。……全然自信ありませんよ。ロシア文学の魅力じゃないんですか」

「ロシア文学の魅力？　そんなものより先生の魅力で惹きつけた方が手っ取り早いんじゃないの？」

「先生！」

夏子は思わず叫んでいた。

「怒らないで。先生は真っ正直すぎるから。そういうところが先生のよさなんですけどね。でも、もうちょっと柔らかくなってくれた方が、私にとっては都合がいいと言うか……」

「……先生」

「そうそう、下田さんに恋人らしき人ができたの、知ってる?」

小金沢は突然、話題を変えた。

「いいえ、知りませんけど」

「恋人ができて、あの人ウキウキしてるのよ」

「その人、女性ですか」

「ううん。それが、男性なの」

「男性? ……ですか」

「そう。ついにあの人も、世に言う常識路線に戻ったみたい」

「へぇ、でも、それって、先生は寂しいんじゃないですか」

「いやぁね、そんな言い方して。神崎先生も言うようになったわね」

「ここに来て、だいぶ鍛えられましたから」

「あなたにだけは、純粋無垢なままいてほしかったわ」

小金沢はそう冗談めかして言って、笑った。


ロシア文学科の部屋は、学生数が増えたことで、四〇三号室からずっと広い三〇三号室に移された。

授業第一日目、また事務局長が夏子を迎えに来た。

「さぁ、神崎先生、行きましょう」

「私、もう一人で行けます」

夏子がこう言うと、最初の授業の時と同様に、小金沢が事務局長をからかった。

「本当に事務局長さんは若い女性に親切ですね。というよりも、神崎先生だから特別に扱ってるのかしら？」

「違いますよ。ただ、今年度は、露文科はちょっと違うでしょう？　試験的に大勢入れてみましたから、神崎先生にはその学生さんたちのお相手をしてもらわなくてはならないんです。成績に難ありの人もたくさん入れてしまいましたから、先生はかなりしんどくなるだろうなぁ、と思いまして。本当は肩でもお揉《も》みしなければならないところなんですが……そうもいかないので、肩を揉むかわりにお迎えにあがったというわけで……」

「へえ、肩を揉むかわりにねぇ……」

「だって、私は男だから女性の先生の肩は揉めませんからねえ、たとえどんなに揉みたくっても」

「やっぱり、揉みたいんだ！」

「ちょこっとふざけて言ってみただけですから、冷やかすのはなしですよ。もう、小金沢先生は、年中無休でその調子なんですから」

夏子はふたりのやりとりを聞いて、くすっと笑った。

「先生、おかしかったですか。ま、いいですね、そのくらいで。露文科の先生に暗くなられたら、こっちは責任を感じ過ぎちゃいますからね」

事務局長は頭を掻いた。

「神崎先生の受難は、今年から始まるってところかしら？」

小金沢は面白くてたまらないというように笑った。

「受難……ですか」

夏子は小さな声でつぶやいた。

夏子と事務局長は、エレベーターに乗った。

事務局長は申し訳なさそうに謝った。

「先生、先生のお気持ちを優先させないで、すみません。ほかの学科のゴミ捨て場のように、露文科を使ってしまっていることは、申し訳ないと思っています」

「ゴミ捨て場？　それって、特別教授会議で小金沢先生が言った言葉そのままじゃありませんか」

「そうでしたね。ひどい言い方をしてしまいました。重ねて謝ります。すみませんでした」

「ゴミ捨て場は、あまりにショッキングなネーミングです。受け皿くらいの言いまわしで留《とど》めておいてください」

「はい、神崎先生はやはり思慮深くて優しいお方だ。決して人を傷つけるような下品な言い方はなさらない」

「いえ、そんな……」

ふたりは顔を見合わせて微笑した。

夏子は言った。

「さっき感じたんですけど、事務局長さんと小金沢先生の会話って、まるで『爆笑夫婦』の掛け合いみたいですね」

「『爆笑夫婦』をご存じなんですか？　お若いのに、ずいぶん古いテレビ番組を知ってるんですね」

「祖母がＤＶＤを買って、見てるんです。だから私も一緒に見たことがあって」

「お祖母《ばあ》さまが、ですか？　そんな人がいるんだなぁ。……神崎先生に言われて勇気が出てきました。本当に、小金沢先生と爆笑夫婦になっちゃおうかなぁ、なんて」

「え？」

「実は最近、妻との間がうまくいってなくて、困ってるんです。私がちょっと遅く帰ると、機嫌が悪くて。この大学をいい大学にしたくて、こっちはがんばっているというのに、理解してくれないんですよ。情けない話です。別れ話も出ているくらいでして……」

「まぁ、そうだったんですか。でもそんな秘密を、私の前で言っちゃっていいんですか」

「いいんですよ。先生は他人《ひと》にペラペラしゃべっちゃうような方ではないと信じていますから。わきまえのある方ですから」

「ありがとうございます。……あ、前にもこんな会話、ありましたよね？」

「そう……でしたね。ありましたね。懐かしいなぁ。ははは」

夏子は、事務局長との距離が近くなったような気がした。

急に彼はまわりを見回し、声を落として言った。

「ここからは、本音バージョンとして聞いてくださいね」

「はぁ、なんでしょう?」

「いやぁ、照れるなぁ。……実は恥ずかしながら私、小金沢先生のことを本気で好きになりそうなんですよ」

「え?」

「驚かれたでしょう? 無理もありません」

「……いいえ、それほどでもありません。恋というものは、何歳《いくつ》になってもあるものでしょうから」

「でも、この私がですよ。自分でも思いがけないことで、スゴクとまどっていますよ」

そう言って、彼はハンカチを出して、額の汗を拭いた。

「……それで……先生には告白されるおつもりなんでしょうか」

夏子は好奇心をそそられて、尋ねた。

「いや、まだその時期ではないと思いますので、当分は告白はしません」

「そうですか。私でお力になれることがあったら、なんでも言ってください」

「ありがとうございます。神崎先生のような方が味方についてくださったら、千人力ですよ。あっははは」

彼の笑い声につられて、夏子の心も明るくなった。

3

夏休みが始まる前に、露文科の学生が十人辞めていった。
冬休みが始まる前には、二十人が辞めた。
覚悟していたこととはいえ、夏子は少なからずショックを受けた。
これで、学生数は十五人になった。
事務局長の松島が夏子に、部屋を移るように、と言った。
「もう大きなお部屋は要らないでしょう?　前の、四〇三号室に戻ったらいいのではと思うのですが。あまり大きな部屋にちょっぴりの人数では、寒々しいですしね」

「はぁ……」

夏子の顔は曇っていた。

「先生のお気持ちは、お察しいたします。おつらいでしょうが、これぱかりはどうしようもありません」

「そうですね。わかっています」

そこへ、小金沢がやって来た。

「かえってよかったかもしれないわよ。だって、やる気のない人たちでごったがえしていたって、邪魔なだけじゃない？　純粋にロシア文学をやろうという人たちが残ったと思えば、腹も立たないでしょう？」

夏子は素直な態度を取ることにした。

「はい。慰めてくださって、ありがとうございます。そういう考え方もありますね」

「いいえ、どういたしまして。だけど、最近は私、人を慰めてばかりだわ」

「は？」

「あのね、下田さんね、つき合っていた男の人と駄目になりそうなんですって」

「え？　それはショックですね」

「そうなのよ。傷ついてるみたい」

「それじゃ、また彼女、先生のところに戻って来るんでしょうか」

「そうね。また、面倒見てあげなくちゃならないかもね。ふふふ」

「なんだか嬉しそう」

「人の不幸を喜んでるわけじゃないのよ。誤解しないでね。それに、私の好みは、前にも言ったように、神崎先生のような女性《ひと》なんですから」

「わかっています」

4

その日は、定例の教授会議が開かれていた。

議題は『来年度、早百合女子大学に入学を希望する方々のための、学校解放&説明会の実施の是非について』だった。

初めに、松島が言った。

「本学は、素晴らしい大学です。それなのに、知名度が低い。これは、大変残念なことです。広く皆に知ってもらうためには、どうしたらいいのか。まず思いつくのが、オープンスクールです。オープンスクールでは自由に大学内を見てまわれるようにします。階段教室では、英米文学科の授業を公開したらいいと思っています。それから、在校生による大学の説明もしたらいいと思います。各学科の中から選ばれた学生、二人ないしは三人が教室に詰めていて、説明を求めてきた人に丁寧に説明をします。もっと多く学生を出せる学科は、四人とか五人でもいいですよ。とにかく、友達感覚で接してあげたら喜ばれると思います」

スペイン文学科の新堂教授が、事務局長の言葉を受けて発言した。

「オープンスクールの実施は、とてもいい案だと思います。英米文学科の授業の公開も重要ですね。これが、ロシア文学科の授業公開では、誰も来ないでしょうけどね」

新堂の言葉に、その場の大部分の人が笑った。

「……何がおかしいのか、私にはわかりません。……新堂教授、わざわざロシア文学科を引き合いに出すというのは、どういうお気持ちからでしょうか」

夏子は少しだけ強い口調で言い返した。

穏健派の中国文学科の教授が「ことさらに露文科のことをあげつらう姿勢は、いかがなものかと思います。最近は、本学内に、このような風潮が強まっているように、感じられます。残念なことです」と言って、新堂の態度を諌《いさ》めた。

旗色の悪くなったスペイン文学科の教授は、素直に謝った。

「神崎先生、大変失礼なことを申し上げました。お許しください。それから、ほかの先生方にも謝罪いたします。申し訳ございませんでした」

「……でも、露文科のことばかりは言えないと思いますね。英米文学科にしか見学者は集まらないでしょう。ほかの科ですと、来たとしてもほんの数人だと思いますね」

珍しく小金沢が、中立の立場の意見を言った。

「確かに」

「そうでしょうね」

「小金沢先生の言われるとおりですね」

その場の人々は皆、同意した。

場が静かになると、松島が言った。

「……それでは、皆さん、また元に戻りまして、オープンスクールのことについてですが、まず実施について異論のある方はいらっしゃいますか。……いらっしゃいませんね。それでは、次に実施日を決めたいと思います。と漠然と言っても、皆さんいつとはすぐにお決めになれないでしょうから、候補日を申し上げます」

松島は、十月と十一月のカレンダーを提示して、話を進めた。

結果、十一月の第二土曜、日曜が、その日に充《あ》てられることになった。

第二章

1

オープンスクールの第一日目。

前日まで激しく降っていた雨がすっかり上がって、青空の広がるさわやかな陽気になった。

朝の九時に正門を開けると、親子連れが何組か入って来た。

仏文科・露文科談話室の中は、なんとなくざわざわして、落ち着かなかった。

夏子は窓から、親子連れの様子を眺めた。

事務局長の松島は構内をまわって、四方八方に目を配っていた。

露文科の説明は、最上級生だということで、本田と峰口に担当してもらうことにした。筒井は交代要員になった。

夏子が英米文学科の公開講座を見に行くと、成瀬教授が元気よく講義をしていた。内容は女性向けに『ロミオとジュリエット』だった。教授が「おお、なぜ、あなたはロミオなの？」というくだりを熱演すると、教室中から拍手が起った。

おしまいの方の場面、ロミオとジュリエットがベッドの中で話すセリフ「あれはひばり？」「いいえ、ナイチンゲールよ。だからまだ夜は明けてないわ」では、教授はナイチンゲール――夜啼き鳥の説明をした。

だが、このころになると飽きてきたのか、または夜啼き鳥に興味がないのか、大半の見学者があくびをしていた。

夏子は彼らの姿を見て、これが早百合大を受験する人たちのレベルなのかと、正直、がっかりした。

夏子が英米文学科の教室から出て、大食堂の方へ歩いていると、小金沢と下田が声をかけてきた。

三人は、今日は一般に解放されている大食堂の一角に腰を下ろした。

時刻は、十一時になるところだった。

「まずまずの入《い》りじゃない？　二、三組の親子しか来なかったらどうしようと思ってたんだけど」

小金沢が言った。

「まさか、そんなに人気がないことはないでしょう」

「そこまでではないと思います」

夏子と下田が反論した。

2

その時、華やいだ声がした。

「あら、順子、順子じゃないの？」

声の方を見ると、二組の親子がにこにことした表情で、こちらを見ていた。

「あ、朋子《ともこ》……と、陽子?」

小金沢は驚いていた。

「順子は、この大学にいたんだ!」

「そうなのよ。お久しぶりね。……あら、こちらは朋子のお嬢さん?」

「そうなの。娘の梓《あずさ》よ。今高校二年。将来英語を遣う仕事に就きたいと言ってて……」

娘は「こんにちは」と、小金沢に挨拶をした。

「それから、そちらが、陽子のお嬢さんね?」

「はい。彩菜《あやな》です。梓さんと同じで、高校二年です」

陽子の娘は、明るく答えた。

「朋子にも陽子にも、ずいぶん大きなお嬢さんがいるのね」

「そうなの」

「よかったら、ここに座って」

小金沢が勧めると、二組の親子は、同じテーブルに着いた。

「早百合女子大って、本当に素敵な大学ね。だって、女子大でありながら、中国文学科とか韓国文学科なんかもあるんですものね」

「そう、そう。英文科と仏文科はよくありそうだけど、ドイツ文学、イタリア文学、スペイン文学なんかも学べるんですものね。こんな女子大、初めて知ったわ。というよりも初めて足を踏み入れたわ」

母親たちの言葉に、ふたりの娘も深くうなずいている。

陽子の娘の彩菜が、言った。

「ママ、ロシア文学科のことを言うの、忘れてるわ。近くに露文科の関係者がいたら、気を悪くしちゃうかも？」

「そうね。言い忘れてて、悪かったわ」

ここで、小金沢と下田が同時に「あははは」と笑い出した。

「やだ、どうしたの？」

陽子が訊く。

「だって、ホントにすぐ近くに露文科の先生がいるんだもの」

小金沢は笑いながら、言った。

「え、どこに？」

陽子と彩菜はきょろきょろした。朋子と梓も驚いたような顔をしている。

「ロシア文学科の神崎夏子と申します」

夏子が名乗った。

「まぁ、そうだったの。ロシア文学だなんて……ずいぶんと……難しそうなことを
……なさっていらっしゃるんですね」

陽子はしどろもどろになりながら、言った。

「いいえ、それほどでもありません」

夏子は静かに答えた。

「そうよ。私たちだって、仏文科出身じゃない？　ロシア文学の方がフランス文学よりも難しいなんてことはないわ」

小金沢が言った。

「ぜひ、ロシア文学科へどうぞ。お待ちしております」

夏子が真面目な顔で言った。

すると、梓が「ロシアブームって、いつでもあるし」と言う。彩菜も「マトリョーシカをモチーフにしたグッズは、よく売られているものね」と同意した。

コーヒーを飲みながら少し話したあと、二組の親子連れは席を立った。

夏子たちは、その後ろ姿を見送った。

夏子が「小金沢先生の大学時代のお友だちが、お嬢さんを連れて来てくれるなんて、思いがけず嬉しいことでしたね」と言うと、小金沢はため息をついた。

「自分と同い年で、あんな大きな子供がいるなんて、信じられないわ。私も年齢《とし》をとったのかな？　と思う瞬間ね」

「先生らしくもない。子どもとか年齢《とし》とかと関係なく生きているのが、さっそうとしていてカッコいいんですよ」

下田はこう言った。

3

そこに、急に松島の声がした。

「皆さん、お話中を失礼いたします」

「あら、どこにいらしたんですか」

下田が素っ頓狂な声を出した。

「すぐそばにいたんですよ。皆さん、全然気づかなくて好都合でした。と言っちゃいけないかな？」

「ストーカーみたいですね」

下田が言った。

「むっつりスケベって言うんじゃないの？」小金沢が笑いをこらえながら言った。

「え、それって、使い方をまちがえてないですか。ま、この際、まちがえててもいいですけどね」

こう言って、彼はちょっとだけ顔を赤らめた。

夏子は、彼の顔が赤らむのを初めて見て、この間の打ち明け話を思い出した。気を利かせて、彼を小金沢とふたりにしてあげようと思った。

「下田さん、ちょっと私の部屋に来てくれるかしら？　調べ物を手伝ってほしいの」

「は……い」

下田は歯切れの悪い返事をして、席を立った。

夏子は立ち去るときに、チラッと松島の方を見た。彼はにっこりしていた。

オープンスクール初日が終わって、夏子が帰ろうとしていると、松島がやって来た。

「さきほどは気を遣ってくださって、ありがとうございました」

「いいえ、どういたしまして。で、あれからお話は弾みましたか」

「ええ、それはもう」

「よかったですね。私も嬉しいです」

「女性を攻略するときは、ああいう時を見定めて、一気に攻めるというのが鉄則ですね」

「あら、ああいう時って、どういう時ですか」

「え？　それはつまり……」

「つまり女性の気持ちが弱くなっている時のことですか」

「先生も、人聞きの悪いことを言いますねえ。私は、そんなにひどい人間じゃないつもりですけど……」

「そうでしたか。すみません」

「私、皆さんには申し訳ないですが、さっきの大食堂でのお話の一部始終を見て、聞いていたんです。旧友と偶然会った小金沢先生のお顔には、懐かしさと同時に寂しさのようなものも浮かんでいましたね」

「確かにそうでした。よく観察していらっしゃいましたね」

夏子は納得した。

「つい彼女の方を見てしまうんです。やめようと人知れず努力したこともありましたが、なかなかやめられなくて……。まるで、高校生男子に戻ったみたいですよ」

「そうですか。それだけ事務局長さんの思いが強いということでしょう」

「そう思ってくださいますか」

「ええ、思います」

「ありがとう」

彼はひどく嬉しそうな表情になった。

「……このあたりで、どこか感じのいいレストランをご存じないですか」

「駅向こうに『マールト』というロシア料理のお店があります。私は一度行きましたが、ちょっと変ってってよかったです。……もしかしたら、小金沢先生を誘ってみようと思っているのですか」

「ええ、一度食事に行くくらいなら、そんなに悪くはないでしょう？」

「それはもちろん。でも、事務局長さんは妻帯者なのですから、あくまでも慎重になさってくださいね」

「わかりました。気をつけて行動するようにいたします。暴走はしないつもりです」

「それを聞いて、安心しました。くれぐれも小金沢先生を傷つけるようなことはしないでください」

「はい」

第三章

1

翌年、早百合女子大学のライバルが出現した。

桜上水の隣の上北沢に、池百合《いけゆり》女子大学が創られたのだ。

こちらの大学も、国際的な感覚を持つ女性を育てる、と謳《うた》っていた。その上、人の心のわかる優しい女性を育てます、とも言っている。国文科、英文科、仏文科、伊文科、露文科、児童文学科、心理学科の七つから成り立っていた。

人の心のわかるだって？　幼稚園の宣伝文句じゃあるまいし、と松島はぶつぶつ言った。

「京王線沿線に、山百合大に早百合大に池百合大と三つも名前の似たような女子大ができるというのは、何かの陰謀《いんぼう》でしょうか！？」

若い下田も、許せないという気持ちを露わにした。彼女は、続ける。

「池百合大なんかに負けたら悔しいですよね。負けないためにはどういう対策を講じたらいいのでしょうか。あ、そうだ。露文科に少しでも興味を持ってくれた人には、もれなくマトリョーシカの人形をプレゼントするなんていうのは、どうでしょうか」

「それは、本学に人形を買うだけの予算があれば、のお話でしょう?」

夏子は、早百合大の経済状態が心配になり、言った。

「うんと小さなマトリョーシカなら、あまりお金はかからないんじゃないかしら?」

下田は、プレゼントにこだわった。

小金沢は例によって、あまり関心のなさそうな顔をしていたが、言葉は辛辣《しんらつ》だった。

「そんな人形をあげたって、効果はないと思うわ。そのうちに、ロシア文学にはまったく興味はないけれど、人形だけ欲しいって人が出て来て、数が足りなくなるわよ。そしたら、どうするの? 笑いごとじゃすまなくなるわよ」

松島は顔は真面目にしていたが、言葉ではかなりふざけていた。

「それじゃ、皆さん、フリフリの派手な衣装を着てみたら、いかがでしょう? キャバクラ並みの格好をして授業をしてみるというのも、刺激的でいいのではないかと思いますが」

小金沢は顔をしかめた。

「悪ノリしすぎだわ。それに、ここは、男女共学の大学じゃないんですよ。女子大学なんですから、そんなことをしたって効果はないでしょう？」

「そうですよ。名前だって早百合なんだし……名前をつけ直さなくちゃ、男子は来ませんよ。今のままで来るのは、オカマの人だけでしょう」

下田も同調している。

「ここを、共学にするのですか？　男子にも通用するような名前に直すとなると、大変ですね」

夏子がこうつぶやくと、下田、小金沢、松島の三人が一斉に彼女の方を見た。

夏子は驚いて尋ねた。

「どうしたんですか。みんなして、どうして私の方を見るんですか」

「共学にするって話、本気にしたんですかぁ？」

下田が呆れたように訊き返した。

「神崎先生はホントに擦《す》れてないわ。純粋な人よね」

小金沢が笑い出した。

「嫌な人たち。ジョークで言ってるのくらい、わかってましたよ。みんなで私のことバカにしようとして……」

夏子は言い返した。

「バカにしてるんじゃなくて、誉めてるんですよ」

下田は笑いながら言った。

「先生のお心の美しさは、大変貴重なものと認識しております」

松島がおごそかな表情で言ったので、夏子も苦笑いした。

2

それからほんの二日後の昼休みのこと。

談話室で夏子が本を読んでいると、小金沢がせわしない感じでやって来て、話したいことがあると告げた。

大学内のティールームに行くと、運良く人の入りは少なかった。

季節は、今日から夏になっている。春よりも陽射しに力が感じられた。暑い夏になりそうな予感のする、六月最初の日だった。

小金沢は「私、この席が気に入ってるの」と言いながら、窓際にかけよった。慣れた手つきで、布製のブラインドを下ろす。

「外の景色が見られないけど、暑いからこうしておくわ。いいでしょう？」

「ええ。今日は景色は二の次です。先生のお話を聞くために、ここに入ったんですから」

夏子はこう答えた。

テーブルに着くと小金沢は切り出した。

「私ね、あなたに言おう言おうと思ってたことがあるの」

「なんのことでしょうか」

「当ててみて。もうとっくに見当がついてるんじゃないかと思うんだけど」

そう言う小金沢の目はキラキラしていて、喜びに溢《あふ》れていた。

「もしかして、事務局長さんとのことですか」

「そうよ、当たりよ」

「実は、私の方もお訊きしたかったんです」

「あのね、あの人に求婚されたの」

「求婚って……結婚を申し込まれたってことですか」

「そうよ。ほかにキュウコンってある？　あ、そうか、ヒヤシンスの球根とか、あるわね。高校野球なんかでは、球に魂と書く球魂《きゅうこん》とか、造語も作られてるわね」

「ははは。そうですね」

「あら、いやだ。私、何言ってるのかしら？あなたの前で照れてもしようがないのにね。冗談はともかくとして……彼にプロポーズされたのよ」

「……事務局長さんは、奥さんと離婚したんですか」

夏子は訊いた。

「そうなの。あ、誤解しないでね。奥さんときっぱり別れてから、私たち正式につき合い始めたんですからね」

「誤解なんて、最初からしてませんよ。私、この大学の中の人は皆、信じています」

「……私とのことで、あなた、彼の力になる、って言ったんですって？」

「はい。事務局長さんがかなり真剣に先生のことを思っているようでしたので、つい応援したくなっちゃったんです」

小金沢は「ふふっ」と軽く笑っていた。

「そうだったの。今だって、通い婚みたいなものなのよ。だから、私はこのままでもいいって言ったんだけど、彼の方が一緒に住みたいと言うものだから。それで、あなただったらどう言うかな？　と思って」

「私は、もちろん祝福します。先生の子供時代のことはお気の毒でしたけど、今の先生には幸せになっていただきたいんです」

「そう。そう言ってくれるのね。ありがとう」

「……突然ですけど『マールト』というロシア料理店には、おふたりで行きましたか」

「そのお店なら、行ったわ」

「あのお店、私が推薦したんですよ。前に、このあたりで感じのいいレストランを知らないかと訊かれて……」

「そうじゃないかと思ったわ」

「……事務局長さんには、お子さんはいないんですか」

「息子さんがひとりいるんだけど、もう大学も出ていて社会人なの」

「ふうん、息子さんがいたんですか。あの方、家庭内のことをあまり話さないから、今まで全然知らずに来てしまいました」

「男の人って、話さない人が多いから」

「そうですね」

こう言ってから、夏子はより一層真面目な表情になって訊いた。

「……先生のお気持ちは、ガラッと変ったんですね。以前は、結婚しないって言ってましたけど、今は違うんですね」

「義父《ちち》の呪縛が解けたみたいなの。全部彼のおかげだわ」

「ごちそうさま。先生のそんなに屈託のないお顔は初めて見ました。おめでとうございます」

「ありがとう。でも、下田さんに言ったら、あの人の心は嵐になっちゃうかもしれないわ。ちょっと責任感じちゃう」

「下田さんの心は時間をかけてほぐしていくしかないですね。私もできるだけ協力しますから」

「ありがとう」

小金沢はテーブルを越えて、からだを乗り出してきた。

夏子は何が起ろうとしているのかわからずにじっとしていた。次の瞬間、額に彼女の唇が触れるのを感じた。大きな濡れた音がした。

夏子は反射的に身を引こうとしたが、小金沢はそうはさせまいとして、急いで夏子の腕を取った。

「何をするんですか。びっくりさせないでください。音まで立てて、こんなことをするなんて」

声は低めていたが、夏子の口調は厳しかった。

小金沢は、夏子の手を離した。

「一度神崎先生にキスしてみたかったの。これで気が済んだわ」

夏子はキスされたところに手をやりながら、尋ねた。

「先生、まだその気《け》が抜けていなかったんですね？　そんなで、事務局長さんと結婚して大丈夫なんですか」

「大丈夫よ。大丈夫なつもり」

「前には、事務局長さんに小金沢先生を傷つけないようにとお願いしたんですけど、今度は、先生の方にお願いしておきます。事務局長さんを傷つけないでくださいね」

「わかりました。彼の気持ちを大切にします」

第四章

1

七月の第一週目の土曜日、小金沢の母校のJ大学のチャペルで、彼女と事務局長の松島の結婚式が執り行われることになった。

大学関係者の中には、暑い夏を避けて、十月の初め頃がいいんじゃないか言う人もいたが、ふたりのたっての希望で七月になった。

「七月の初めは、猛暑になる前なんだから、招かれる人たちもつらくはないわよね」

「そうだよ、つらくなんかないさ。そんなことあるものか。でも、僕たちの前には、猛暑も負けるよ」

などというおアツイ会話が公然となされていて、皆を唖然《あぜん》とさせた。

ふたりの心の結びつきがそれだけ強かったということ——そう、夏子は解釈していた。

松島の言葉遣いも若返っている。自分のことをいつのまにか『僕』と呼んでいる。前は『私』だったのに。

でも、下田にはすべてが許せなかったようだ。

半狂乱になって叫んだ。

「小金沢先生、どうしてなんですか。よりによって事務局長となんか、どうして結婚するんですか。悪趣味きわまりないです！　これも陰謀ですよ！　私を苦しめるための陰謀です。私にとっては、池百合女子大設立よりも、ずっとひどい謀略です」

「まぁまぁ、下田さん、そう憤らずに。あなたこそ、前の男性の恋人とよりをもどしてはいかがかしら？　……でも、あなたなんかましな方ですよ、ついこの間まで恋人と呼べる人がいたんですから。私なんてもう十年くらい誰とも個人的につき合ってないんです。わびしいものです」

夏子がこう言うと、イタリア文学科の若手の男性講師が口をはさんだ。

「神崎先生、それ、本当ですか。実は僕も彼女がいない歴十年なんですよ。こういう仕事してるとなかなか恋の相手ってできませんよね？」

「そ、そうですよね。同感です」

夏子はあわてて彼の方を向いた
「それで、ものは相談なんですが、僕たち、試しに交際してみませんか」

「……え？」

「いやあ、冗談ですよ。ごめんなさい、僕なんか眼中になかったですよね？」

男性講師は頭を掻《か》いた。

「いえ、そんなこと、ないです。私でよかったら……ものは試しですから……」

「そうですか。それはよかった！」

彼の表情は、それまでの何倍も明るくなった。

「僕は、柳川利史《やながわとしふみ》といいます」

「私は……神崎……」

「神崎夏子さんですよね？」

「よく知ってくださっていますね」

「だって、あなたはいつだって目立っていましたから。今も、ですけど。もちろんいい意味で、ですよ」

「そう言っていただけて、光栄です。でも、やっぱり悪い意味で目立っていたと思います。なにしろ、ロシア文学科ですから……」

夏子はふざけて言って、笑った。

柳川は、さりげなく話題を変えた。

「……僕の出身大学も、J大なんですよ。今度小金沢先生の結婚式で、思いがけず母校を訪ねることができて、嬉しいです」

「懐かしの母校訪問……ですか。楽しいものになりそうですね」

2

結婚式の当日。

数十羽の真っ白な鳩が、放たれた。

鳩たちは、J大学のチャペルの尖塔《せんとう》めがけて飛んでいく。これは、このチャペルでの結婚式の目玉だった。

小金沢は、露出度の高いウエディングドレス姿で、現れた。

古い感覚を持った教授陣や年長者からは「本学の教授先生にしては、少々派手なのではないか」という声が上がったが、若い女性講師や女子事務員たちからは「セクシーでカッコいい小金沢先生にはピッタリ。私も将来は先生のドレスみたいなのを着たーい！」という絶大な支持を得た。

彼女は小柄だったが、肉感的で均整のとれたプロポーションをしていたので、両肩を出したデザインのドレスがとてもよく似合っていた。

「先生のあのからだつき、どう？　あのからだすべてが事務局長のものになっちゃうなんて、許せないわ」

下田はぼやいた。

「まだそんなことを言ってるの。さっぱりしないのね。もういい加減、先生を祝福してあげたら？」

夏子がこう言うと、下田は「そうね。少し考えてみるわ」と苦しそうに答えた。

「まぁ、和明《かずあき》さん、こんなところまでわざわざ来てくださったのお！？」

小金沢の、嬉しさを含んだ甲高い声に、夏子は振り向いた。

「順子さん、そして親父、結婚おめでとう！」

松島の息子が来たのだった。隣に年若い美女を連れていた。たぶん、フィアンセか奥さんだろう。

「ありがとう！　私のことを恨んでいるんじゃないかと思ってたのに……」

「どうして恨むんですか。実母《はは》にもいけないところは多々あったんです。……それよりこの頑固親父をよろしくお願いします」

「ええ。こちらこそよろしくお願いいたします」

まわりの人々は、その光景をほほえましいものとして眺めていた。

花嫁の投げたブーケは、夏子のところへまっすぐに飛んで来た。夏子は驚きとともに、それを受けた。ブーケは真っ白な百合だった。下田が羨ましそうに言った。

「私が受け取りたかったのに、ブーケまで私に逆らって、神崎先生のところへ飛んでいっちゃうなんて、ホント頭にくるわ。なんだか知らないけど、神崎先生はいつでも私の邪魔をするんですね」

「別に、邪魔してるつもりはないんですけど……」

「私も結婚しちゃおうかなぁ。こうなったら、何としてでも結婚してやる！！」

3

挙式から二週間もすると、多くの人が予想していたとおりの、酷暑の夏が来た。

厳しい暑さの中、小金沢は、主婦業と教授業の両立で疲労を蓄積させて倒れてしまった。

それで、新居の近くの個人病院に入院した。

松島は夫として大学と病院の間を行き来して、面倒を見ていた。

松島に小金沢の容態を尋ねた。

「先生は今どういう状態でしょうか」

「日増しによくなっています」

「それではもうお見舞いに行ってもいいですか」

「はい、もちろん。でも、神崎先生もお忙しい身でいらっしゃるでしょうから、お見舞いに来ていただいては悪いです。お気持ちだけいただいておきます」

「でも、自分の気が済みませんから行きます。行かせてください」

「わかりました。それはどうもありがとうございます」

夏子が見舞に行くと、小金沢は喜んで、夏子が思っていたよりも元気な感じの声で言った。

「カッコ悪いけど、ふたつも一度にするのは慣れなくて、疲れちゃった」

「主婦一年生ですもの、無理もないわ。でも、事務局長さん、すごく心配してるわ。早く退院して、安心させてあげてくださいね」

「ええ、家に帰ったら、彼にうんとサービスするわ。あ、そうそう、嬉しいニュースがあるの。和明さんが結婚するのよ」

「和明さんが？」

「そうなの。私たちの結婚式で、彼の隣にいた人が彼の奥さんになる人よ」

「おめでとうございます！」

「ありがとう。彼の結婚式には私が母親として列席することになってるわ」

「先生、すごく嬉しそうですね」

「嬉しいわ。この私が母親役をするなんて、人生、何が起こるかわからないものね」

しばらくして、小金沢は退院した。

それからの彼女は、自分の生活のリズムをつかんだようで、過労で寝込むこともなくなった。

4

ある日、小金沢が「私、犬を飼ったのよ」と言って、夏子に写真を見せた。

それは、茶色のトイプードルだった。

「わあ、かわいい！　先生は動物好きだったんですね。なんて名前にしたんですか」

「ジュリアンよ。『赤と黒』のジュリアン。男の子だからね」

「へぇ、いい名前ですね」

「だけど、松島がロシア名もいいよな、なんて言うものだから、ちょっと喧嘩しちゃったわ」

「ロシア名？　たとえば、フョードルとかアレクセイとか、ですか」

「あと、イワンとかね。でも、なんでロシア名なのかってところが問題でしょ？」

「どうして……なんですか」

「あなたのせいみたい」

小金沢の声には、冷やかさがあった。

「え？」

「彼の心の奥底には、あなたがいるのよ」

「そんな……こと」

「あなたのことを意識して、ロシア名ってわけ。新妻の身として、これって許せると思う？」

「……」

「彼は、本当はあなたが好きなのよ」

「そんなバカな話……」

「連れ添うには、年齢《とし》の近い私だけど、おしゃべりしたり、鑑賞して楽しんだりするにはあなた、神崎先生ってことなの」

「もう、なんてことを！　女性は若ければいいみたいなことを言って。それに、鑑賞して楽しむだなんて、私のことをまるでモノ扱いしています」

「それは、話をわかりやすくするために、たった今私が思いついて言ってみたんだけどね。さすがに、彼はそこまでは言ってないの。……でも今回よくわかったわ、彼は神崎先生におおいに興味があるってことが。もっと言えば、好きだってことなのよ」

「そんな……。新婚の夫として、あるまじきことです。新婚でなくてももちろんよくないことです。……私、事務局長さんと話をしてみます！」

夏子は、勢いよく談話室を出た。

事務局の彼の机の前まで、つかつかと足音高く歩いて行った。

夏子が何か言う前に、彼の方から口を開いた。

「おはようございます。何かご用でしょうか」

「おはようございます。お話したいことがあります」

「わかりました。面談室で話しましょう」

彼はそう言って、立ち上がった。

そこは、最初にふたりが話した部屋だった。

夏子は椅子に座るとすぐに声を低めて、松島を問い詰めた。

「喧嘩したこと、小金沢先生から聞きました。どうしてこんなことになるんですか。ご自分の立場というものを大切にしてください。小金沢先生のことを愛していらっしゃらないんですか」

「落ち着いてくださいよ、神崎先生。もしかして、犬の名前のことですか」

「そうですよ。先生に、お好きな名前をつけさせてあげれば、それでいいじゃないですか。フランス名でジュリアンでいいに決まってます、ロシア名になんかこだわらなくても……」

「ああ……」

彼は笑った。

「小金沢先生の心は、傷つきやすくて繊細なんです。もっと気をつけてくださらなくちゃ、困ります」

「わかりました」

「では、すぐに仲直りしてくださいね」

「はい。今夜、ベッドの中ででも仲直りしましょう」

彼は軽口をきいた。

「はぁ？　事務局長さんは、もうすぐにそうやってふざけるんですから」

夏子は顔をしかめた。

「すみません。ちゃんと仲直りします。……ところで、神崎先生の方は、伊文科の柳川先生とはどうなっているんですか。つき合っていらっしゃるのでしょう？」

「え、ええ。……よく知っていますね。なぜご存じなんですか」

夏子は不意をつかれた。

「たまたですが、仲良くお話していらっしゃるのを見ましたから」

「ああ、そうでしたか。目が早いですね」

「自慢ではありませんが、小さい頃からよくそう言われました。ははは」

「でも、あの時まで、です。あの後は、大学内で、二、三回言葉を交わしただけです。私……あの人とはあまり性格が合わないような気がして」

「そうでしたか。それは、よかった。私としては、公私ともによかった」

「公私の『公』はわかる気がしますが、『私』の方はなんですか」

「そんなに深い意味はありませんよ、ははは。……そんなことより、柳川先生は、もう少ししたら池百合に移ってしまうかもしれませんよ。順子さんがチラッと言ってましたから。彼女は柳川先生と出身大学が同じですから、何か知っているのかもしれません」

「……そうですか」

「おや、お顔が曇りましたね。柳川先生がここからいなくなるのは、そんなにショックなことですか」

夏子はあわてた。

「いいえ、全然。そんなことはまったくありません。なんといっても、私は、この早百合大の露文科のことを一番に考えているんですから」

「いいですねぇ。その意気です。先生の心強いお言葉が聞けて、本学の事務局長として本当に嬉しいですよ。ああ、今日もさわやかな、いい一日になりそうだなぁ。……それでは、もう戻りましょうか」

「はい」

エピローグ

夏子は、早百合池のほとりに佇《たたず》んでいた。

池の中に、大きな鯉が数匹いるのが見えた。

鯉は人に慣れていると見え、夏子の姿をみとめると、水面にやって来て口をパクパクさせた。

夏子が無心に鯉を見ていると「あら、こんなところにいたの？　探したのよ」と呼びかける小金沢の声がした。

夏子は顔を上げた。

「ああ、先生。鯉を見てたんです。餌を売店で買ってくればよかったです」

「私が持ってきたわ。はい、どうぞ、これをあげて」

小金沢は、持っていた餌を半分、夏子に渡した。

夏子は、餌を鯉の口のそばに投げ入れた。

鯉は喜んで食べた。

「わぁ、鯉ってかわいい！」

夏子にしては珍しく歓声を上げた。

小金沢が鯉の方を向いたままで、言った。

「彼に言ってくれて、ありがとう。犬の名前は、ジュリアンに決まったわ」

「それはよかったです」

「だけど、どうしたの？」

「なにがですか」

「早百合池で鯉を眺めているあなたなんて、初めて見たものだから」

「たまには、庭を散歩してることもあるんですよ。早百合大《ここ》の庭って、森あり丘あり池ありで複雑になっていて、散歩するには、とてもいいところですからね」

「そうね。ここの庭、中に入ってみると、結構広くて素敵なのよね。急拵《きゅうごしら》えで、よくここまで素晴らしい庭が造れたものよね。感心しちゃう」

「ええ、私もそう思います」

小金沢は夏子の方に向き直り、真面目な顔で言った。

「……さっきあなたの後ろ姿や横顔を見たときね、寂しげに見えたから、もしかして、柳川先生が池百合に行ってしまうことが悲しいのかな？　なんて、気をまわしちゃったの」

「まさか。悲しむほど深くあの人とつき合ってませんでした。それに、性格も合わない人だってわかりましたから、なおさら悲しんだりはしませんよ」

「それならいいけど。私ばっかり結婚して幸せになっちゃって、あなたと下田さんは相変わらずの独身でしょ。独身で孤独ときてるんだから、毎日が楽しくないわよねえ。だから、悪かったかなぁと思って」

「先生、それは言い過ぎです。私は独身ですけど、孤独ではありません」

夏子は、きっぱりと言った。

「あ、そう。それならよかったわ」

「下田さんだって、独身ですけど孤独ではないと思いますよ。勝手に孤独だと決めつけたら、怒るんじゃないかしら?」

「あの人も意地っ張りだから」

「意地っ張りとか、そういう問題ではなくて……」

いつまでも言い続ける小金沢の態度に、夏子は軽く苛立っていた。

「はい、はい、ごめんなさい。反省します。以後、気をつけます」

「今日はバカに素直ですね」

「私もかわいい女性《おんな》になろうかな？　なんて思ったりもするのよ」

「らしくないですね」

「言われると思ったわ」

「そう……ですか。ご自分のことをよくわかってるんですね」

「もうお。先生も言うようになったわね」

「前にも言いましたように、早百合大《ここ》に来てから鍛えられましたから」

「そうだったわね。ふふふ」

「そうですよ」

　夏子は話題を変えた。

「……ああ、気持ちいい。今の風、気持ちよかったですよね？」

　夏子は同意を求めるような口調で、言った。

「ホント。すっかり春の風だったわ」

「ここに来てから三度目の春です」

「神崎先生が三年目なら、私は五年目ね」

「ところで、オープンスクールの時にいらしていた先生のお友だちのお嬢さん方は、早百合大に入学しましたか」

「ああ、あの人たちのこと？　朋子の娘さんは紺野梓さんという人で、英文科に入ったみたい。陽子の娘さんは加藤彩菜さんっていって、仏文科に入って来たわ。めでたし、めでたし、ってところね」

「紺野さんのお嬢さんは、英語を使う仕事に就きたいと言ってましたよね？」

「そう言ってたわね」

「加藤さんのお嬢さんは、先生のいる仏文科に入ってきてくれたんですね。よかったですね」

「本当によかったわ。あのオープンスクールの印象がよかったんですって」

「嬉しい！　成功しましたね。オープンスクールの効果が上がったんですね。これからも続けていけたらいいですね」

「神崎先生の素直なところは、全然変らないのね。つぶらな瞳でそんなことを言っちゃって、かわいい！　思わず抱きしめたくなっちゃうわ」

「また、そうやってからかう。陰でそんなことばかり言ってると、事務局長さんに言いつけますよ」

「やだぁ。……それにしても、あなた、すごく言うようになったわねえ。そんな脅し文句を咄嗟《とつさ》に思いつくんだもの」

小金沢はきゃははという声を出して、笑った。明らかにはしゃいでいた。もちろん夏子も笑った。

「ふっと今、頭に浮かんだんですよ。私、センス、よくなったでしょうか」

「確実によくなったわ。こっちも応戦しなくちゃね」

「いいんですよ、応戦だなんて。こちらはもう疲れることはしたくないですから、何も考えないでいてください」

「そうはいかないわ。負けたままでいるのは我慢できないの、私」

「やっかいな人ですね、先生って」

「生まれつきなの、悪く思わないで。……それはそうと、露文科にも、オープンスクールの効果が出るとよかったけど……」

「オープンスクールには来ていなかったけれど、純粋にロシア文学が好きだという人が、四人入ってくれました」

「そう。それはよかったわ。そのものが好きだということが一番強いわよ。これ以上の動機はないわ」

「そうですね」

「そうよ。オープンスクールもいいけれど、所詮はお祭り騒ぎに過ぎないから」

午後の授業開始五分前の予鈴が鳴った。
ふたりは揃って、校舎へと歩き出した。

END

後日談《ごじつだん》　～下田美雪のノートから～

松坂　ありさ

後日談《ごじつだん》 ～下田美雪のノートから～

小金沢、結婚する

小金沢教授が事務局長と結婚！

私の妄想力でも追いつかなかった、とんでもない展開になった。

彼らの結婚は、あのオープンスクールの日に端を発している。

オープンスクールの初日に、小金沢先生のお友だちが娘さんを伴ってやって来た。母娘で仲良くいるのを見たとき、先生の心は揺れたようだ。平たく言えば、羨ましかったのだろう。自分のこれまでの生き方に疑問を抱いてしまった瞬間だったのかもしれない。先生は、鋼鉄《はがね》のような強い心を持っている、と信じていたのに……崇拝者の私としては、ひどく残念。そこへ持ってきて、神崎先生が、小金沢先生と事務局長をふたりだけにしてあげよう、だなんて要らないお節介をするから、事態はおかしな方向へ進むことになったのだ。

神崎夏子め。

子供の頃から勉強ばかりしてきた、頭でっかちのロシアオタクのくせに。

おとなしくロシア文学だけ研究していればいいものを、変に他人のことを思いやる優しい気持ちを持っているようで、私にしてみれば、ひどく迷惑な存在になっている。

イタリア文学科の柳川利史先生と一緒に池百合女子大に移っていくものと思っていたのに……それを楽しみにしていたのに……何ということだろう。いつの間にかふたりの仲はうまくいかなくなっていた。すっかり当てが外れてしまった。


まあ、いい。

小金沢先生が誰と結婚しようと、先生のお心はいつでも自由なはずだ。そうでなければおかしい。そう信じよう。

美雪、提案する

定例の教授会の席上でのことだ。

私は、事務局長や男性の教授、準教授、講師たちには思いつかないようなアイディアを出した。

「ひとつ、女性らしい提案をさせていただきます。本学のスクールリングを作ったらどうでしょうか」

事務局長は怪訝《けげん》な顔をして尋ねた。

「スクールリングといいますと……私は男なので全然想像がつかないのですが、具体的にはどのようなものでしょう?」

私は答えた。

「本学の百合の校章を元にして、お洒落にデザインして作った指輪です。それを販売するんです。学生さんでも手軽に買えるように、プラチナやゴールドはやめて、シルバー製のものにしたらいいと思います」

神崎先生が口をはさんだ。

「あ、そういう指輪なら、私も知っています。山百合女子大のスクールリングを見たことがあるんです。私には山百合出身の従妹《いとこ》がいるんですが、彼女が持っていました。デザイン違いで、二種類ありました」

「そうですか、山百合にそういうリングがあるんですか」

「ええ」

「……リングは、有名な貴金属店に依頼したらいいと思います」

私がこう言うと、小金沢先生が同意の意を示してくれた。

「スクールリングというのは、いい考えだと思います」

「ありがとうございます」

私は嬉しくなった。

「そのうちに、卒業リングとか卒業ペンダントとかいうようなものも、作ったらいいかもしれません。『卒業』と銘打《めいう》ったものには高級感を出して、宝石つきにしたらきれいでいいんじゃないでしょうか」

小金沢先生は、卒業アイテムにまで話を発展させた。先生がここまで私の提案に乗ってきてくれるとは、正直思っていなかった。私の気持ちをよくわかってくれていて、感激だった。

「宝石つきの卒業リングなんて、素敵ですね。スクールリングが軌道に乗ったら、小金沢先生のおっしゃるとおりに、卒業アイテムを作ってみたらいいと思います。本学に通っていたという、いい記念になりますから」

私は胸を張って言った。

「女性は『卒業の記念』だの『どこどこへ行った記念』だの『なになにをした記念』だのと、そういうことにこだわりを持ちますからねえ」

事務局長が肩で息をついて、やれやれといった調子で言ったので、出席者のほとんどが笑った。皆、小金沢先生と彼との新婚生活を想像したのだろう。

彼のため息混じりの言葉を聞くと「黙っていられないわ」という調子で、小金沢先生が言い返した。

「当たり前でしょう。何らかの意味を持ったアクセサリーを身につけている、もしくは、引き出しにしまっているということが、女性にとっては重要なことなんですから」

「そうですか。それで、いつでもあなたは私に……。いえ、失礼、つい、わたくしごとを言ってしまいそうになりました。ごめんなさい」

再び皆の笑いが起こったが、今度のは前のものよりもずっと大きかった。言った当の事務局長も一緒に笑っていた。

小金沢、指輪をはめる

都合のいいことに、早百合大には、身内に宝飾デザイナーがいるという女性事務員がいた。彼女に、スクールリングのことはすべて任せることになった。

サンプルの制作を経てから二週間後、事務局長ができたリングを持ってきた。

「さぁ、下田さん、できましたよ。お待ちかねのスクールリングです。純銀製の素晴らしいものですよ」

私はリングを手に取った。

「まぁ、とても素敵だわ。質もいいですけど、このデザインが可憐でとってもいいですね。私も、絶対に欲しいわ！」

「私はもうはめてるのよ」

小金沢先生は自分の指を見せた。

「わぁ、先生の白くて形のいい指には、よくお似合いですね」

「ありがとう。あなたはいつも私のことを誉めてくれるのね」

先生はにっこりした。

「それで、リングは本学の生協で販売するのですか」

私は訊いた。

「生協に見本として、サイズ違いで三個ほど置きます。注文を受けてからひとつひとつ作り始めます」

事務局長は答えた。

「そうですよね。指輪ですものね。そこいくと、ペンダントはサイズがなくて便利なものですね」

「このリングの売れ行きがよかったら、ペンダントも作りましょう」

事務局長がこう言ったので、この時ばかりは私も彼に好意を持ってしまった。

それからは、気をつけて学生たちの指を見るようにした。ほとんどの人がスクールリングをしているように見える。日頃アクセサリーを着ける習慣のなさそうな人でも、スクールリングだけは身に着けている。いい傾向だ。記念のものが好きなのは、小金沢先生に限ったことではないのだ。多くの女性に当てはまる現象だ。提案者の私としては、大満足。価格は、二千五百円。この程度の金額なら学生のお小遣いでも出せるだろう、と事務局長が判断したのだ。

私はさりげなく、しかし何度も、小金沢先生の指を見てしまった。何度見ても、スクールリングは、先生の指にしっくりとマッチしている。

私が見とれていると、先生が言った。

「早百合大がそれほど程度の高くない大学でよかったわ。高いところだったら、学生さんたちは、こんな指輪になんか見向きもしなかったでしょうからね」

納得できない、という顔で、神崎先生が訊いた。

「でも、小金沢先生は真っ先に手に入れてるじゃないですか。それって、どういうことなんですか。先生は程度の高い方だと思いましたが……」

「私？　私は特別よ。だって、事務局長の妻ですからね。早百合《ここ》では、教授でありながら、経営のことも考えなくてはならないんです。結婚することによって、そういう微妙な立場に立ちました」

「先生、汗が出ていますよ」

「え、どこに？」

小金沢先生は、自分の額から頭にかけてをなでた。

「嘘です」

神崎先生が笑いながら言った。

「もう！　先生ったら、ひどいわね、からかったりして」

小金沢先生の顔は少し赤くなっていた。

「ごめんなさい。ちょっと遊んでみました」

そう言って、神崎先生はふふっと笑った。

私は怒りを覚えたので、すかさず小金沢先生の肩を持ち、こう言った。

「神崎先生、ちょっといい気になりすぎてやしませんか、先生をからかうなんて、十年早いです。小金沢先生は、とても難しい立場に立っていらっしゃる、ということを忘れないでくださいね。難しい立場でも、先生は立派に立ちこなしていらっしゃいます。これは、誰にでもできることではありません」

「立ちこなす？　立ちこなす、ですか。それって、ちょっと聞き慣れない表現ですね」

神崎先生は、大きく首を傾げた。

「いいんです。先生の素晴らしさを最大限に表すためには、時にはこういう聞き慣れない表現も必要なんです」

こう言ったものの、今度は私がこめかみに冷や汗をかいてしまった。神崎先生はずいぶん変わった。いつの間にか、冗談を言うようになっている。その上、ロシア文学科の授業の方もうまくいっているみたいだ。

それが証拠に、この間の教授会議では、こう言っていた。

「ロシア文学科に、修士課程を創ってください」

この発言に、出席者全員がどよめいた。

夏子、修士課程創立を進言する

教授会議で、神崎先生の言葉に一番驚いたのは、事務局長だった。

「修士課程ですって？」

「そうです。三人の学生さんが進みたい、と希望しているんです」

「そんな、奇跡に近いことが……いや、失礼。それは、非常に嬉しいことですね。前向きに検討します」

「よろしくお願いいたします」


会議が終わると、小金沢先生が、神崎先生に声をかけた。

「やったわね。おめでとう。今までのあなたの努力が実を結んだのね」

神崎先生は、顔を紅潮させてお礼を言った。

「ありがとうございます。私の努力ではなくて、三人の学生さんたちの努力です」

「三人というのは、本田さんと峰口さんと筒井さんのことね」

「ええ、そうです。あの人たちは、慣れないロシア語をよく勉強してくれました。後輩たちのよいお手本になってくれました。素晴らしい人たちです。ありがたいです」

「ふふふ、そう。相変わらず、あなたって優等生的な答え方をするのね」

「……だって、本当にそう思うから言ってるだけです」

神崎先生はちょっぴり口をとがらせた。

私はこの時とばかりに、ふたりの間に割って入った。

「先生、だから何度も言ってるじゃないですか。神崎先生よりも私の方がずっと味があって、面白味のある人間だ、って。今からでも遅くはありません、私の方になびいてくださいよ」

すると、先生は驚き半分怒り半分という顔をして、言い返した。

「何を言ってるんですか、下田さん。私はもう結婚してるのよ」

私はいまいましさを抑えて、こう答えた。

「そんなことはわかっています。でも、結婚が何だっていうんですか。そんなもの、人間が作り出したつまらない制度にすぎません。先生のお心は、いつでも大空に向かって自由に羽ばたいているはずです！　そして、いつかは本物の愛に目覚めるはずです。その時、先生は私の腕の中に飛び込んでくるでしょう」

ここでまた、いつかのように、事務局長が話に入ってきた。

「大空に向かって羽ばたくとか、本物の愛に目覚めるとか、胸の中に飛び込むとか、流行歌の歌詞みたいな言葉が聞こえてきましたが、皆さんでなんのことを話し合っているんですか」

この人はいつでも私たちの話に、うまい具合に入ってくる。入れるくらい近くにいつもいるなんて、どういうことだろう？　変な人。変すぎる人。

「事務局長さん、しっかし、スゴイ才能ですね」

私は、しかしのところをわざと強調して、言った。皮肉をこめて言ったつもりだった。

ところが、彼は一向に意に介せずに、こう言った。

「才能だなんて誉められたら、照れちゃいますねえ。とは言っても何のことで誉められてるのか、本人の私にしてみればまったくわからないんですが……」

「やっぱり超いい加減！」

私は思わず叫んだ。

「ふふふ。私の夫ですもの、このくらいいい加減でなくちゃ務まらないわ」

小金沢先生は、夢の中にでもいるようなうっとりとした顔をして、こう言った。

先生と事務局長は、目と目を見交わしている。彼らの視線は、空中でしっかりと絡み合っていた。私はそれを見逃さなかった。

神崎先生は、優しくて思いやりのある人だから（?）空中の視線には気づかず、その上さっきけなされたことも忘れてしまったようだった。

「幸せに包まれてるんですね、先生は。とても羨ましいです」と、目を細めて喜んでいる。

無神経な人ばかり。

今に見ていなさいよ！

美雪、バーニーズで、栗原《くりはら》美奈子《みなこ》に会う

その日の帰り、私はひとりでバーニーズというレストランに入っていた。昼食が軽かったせいか、その日はいつもよりお腹がすいていて、家まで持ちそうになかったからだ。

窓際の席に座って、外をぼんやりと眺めていると、声をかけられた。

振り向くと、助教仲間の栗原美奈子さんがニコニコして立っている。

「ひとり?」

彼女に訊かれて、私はうなずいた。

「そう。こんなところで会うなんて、珍しいわね。こっちに移ってもいい?」

彼女は尋ねた。

「もちろんよ」

私は笑顔で答えた。

栗原さんは自分の席まで、荷物を取りに行った。お冷やも同時に持って来ようとす

ると、近くにいたウエイトレスが、気を利かせて運んでくれた。

　彼女が前の席に移って来ると、私は笑顔で言った。

「こんなふうにふたりで話をするのは初めてね。まして、こんなレストランでなんてね。……私はもう注文したけど、栗原さんはまだなら、注文して」

「ええ、今するわ」

　そう言って、栗原さんはウエイトレスを呼び、私と同じもの――シーフードドリアを注文した。

　それから、さっきの私の言葉を受けて言った。

「そうね。それに、そちらは大学内では、小金沢先生や神崎先生と楽しそうにやってるから、声をかけにくい気がして」

　私は「ううん、そんなに楽しくもないのよ」と答えてから「楽しそうに見える？」と訊いた。

「見える、見える」

「それは、無理してそう見せてるだけのことよ。これでも苦労してるのよ」

「やっぱり下田さんもそう？」

「もちろん、そうよ。小金沢先生は自己中心的で気むずかしいところがあるし、神崎先生は世間知らずで天然ボケだし、まったくタイプの違うふたりの相手をしてるのよ。大変よ。気骨が折れるわ」

私は、おおげさなくらいにため息をついた。

「へぇ、そうなの。小金沢先生が難しい人だと言うのはなんとなくわかるけど、神崎先生のことはよくわからなかったわ。あの先生、天然なんだ」

「そうよ、時々うっとうしいくらいの天然よ。あの先生、ロシアに二年間留学していたという話だけど、信じられないのよね。安全に暮らせてたのかしら？　ってね」

「何度もスリに遭ってたりして……」

「スリに遭ってるのにも気づかなかったりしてね。ふふふ」

「いやだ、普通、そこまでバカにする？」

「だって、いらつくことが多いのよ、あの先生。そうだわ、あの先生が柳川先生とつき合ってたこと、知ってる？」

「知ってるわ、だって、私、イタリア文学科の助教をしているんだもの」

「あ、そうよね。……柳川先生、彼女がいない歴十年とか言ってたけど、それって本当なのかしら？」

「そんなことを言ったの？　それはまったくの嘘、デタラメよ。神崎先生にモテようとして、嘘をついたのよ」

栗原さんは呆れ果てていた。

「プレイボーイなわけね」

「そうよ、この私だって、誘われたんだから」

「え、本当？　それでどうしたの？」

「さりげなく断ったわ。だって、誠実でない人は、初めから好みじゃないもの」

「そう、そうよね。ということは……天然の神崎先生とジゴロの柳川先生か。おかしな組み合わせね。で、今は全然つき合っている様子がないわね。神崎先生の天然には、さすがの柳川先生もつき合いきれなくなったのかしら？」

「そんなに、何度も強調する位天然なの？　おかしーい！」

栗原さんは、無邪気な声を上げた。

「……しーっ！　今話してることは全部、ここだけの話にしといてね」

私は人差し指を唇に当てて言った。

「もちろんよ。私たちは助教同士よ、裏切るわけがないわ」

栗原さんは、「まかしておいて」と強調するように、拳で自分の胸を叩く真似をした。

「そうよね。あぁ、スッキリした。たまにはお腹の中にあるものを洗いざらいぶちまけて、発散しなくちゃ」

「これからも、たまには話しましょうね」

栗原さんはそう誘ってくれた。

「ええ、そうしましょう」

私はうなずいた。

私たちのおしゃべりには切れ目がなかった。

大学内の人たちの噂話をしていると、何時間でもしゃべれるような気がしていた。

「だけど、小金沢先生って、結婚しても相変わらずの人気よね。私ね、あの先生の人気、下がるかも？　って思ってたのよ。でも、全然影響なかったわね。やっぱりカッコいい人は強いのかしらね」

「下がればよかったのよ。そうなれば、少しはおとなしくなったでしょうに」

「あら、そんなふうに言っていいの？　下田さんって、小金沢先生の崇拝者なんじゃないの？」

栗原さんは、意外だ、という顔をした。

「まぁね。だけど、こっちにだって感情というものがあるのよ。いつもいつも崇《あが》め奉《たてまつ》ってばかりはいられないわ。それに『かわいさ余って憎さ百倍』ってことわざもあるくらいだからね。そういうことを、思い知らせたくなることもあるのよ」

「わあ、コワーイ!」

彼女は、目を丸くして驚いていた。

ここで、ウエイトレスが料理を運んできたので、話は中断された。

美雪、栗原と恋愛について話し合う

再び話が始まると、栗原さんは私に恋愛のことを訊いた。

「風の便りに聞いたんだけど、下田さんは、ついこの間まで男の人とつき合ってたんですってね」

「まぁね。さすがは女の園ね。噂の伝達速度が速いわ」

「今はつき合ってないの?」

「つき合ってないわ。きっぱり別れたの」

「どうして? それって、もしかして、小金沢先生と関係があるの?」

「それは……あるわね」

「なんか、答えるまでに時間がかかったわね。気になるなぁ」

「私ね、誰のことでも、つまり、男の人のことでも女の人のことでも、小金沢先生と比べて見る癖がついちゃったのよ」

「小金沢先生を基準にして見ちゃう、ってこと?」

「そうなの。困った癖よ。小金沢先生って、超々《チョーチョー》迷惑なひと」

私の言い方がおかしかったのか、栗原さんは大きな声で笑った。

「個性の強い人って言うか、意地悪な人のそばにいると、自分まで他人に対して、意地悪な見方をしちゃうから困るわ」

私も笑っていた。

「ふうん。そんなものなのね」

「それで、話を戻すとね、つき合っていた男の人のことも、自然と小金沢先生と比べちゃってたの。そしたら、物足りなくなってきてね、わかるでしょ？」

「わかる、わかる。なんて言うのかしら、そういうの？」

「スパイスかしら？　スパイスが効いてないのよ、その人。話してても退屈なの。ちょっと見はカッコよくても、中身がなくちゃ、やっぱり飽きるわね。そんなこと、とっくにわかってたはずなのに……ついふらふらっとつき合い始めちゃったの。私って、馬鹿」

「小金沢先生と比べちゃかわいそう、って気もするけどなあ。だって、あの先生、筋金入りの大秀才なんでしょ？　知識欲も半端じゃないって聞いてるし。その上、毒舌家ときてるから。そんな人と比べちゃ、たいていの人はピリッとしないわよ」

「そうね、負けるわよね。ま、事務局長なんかと結婚したから、大秀才のところも知識欲旺盛のところも少し薄まっちゃったかもしれないけど。でも、毒舌の方は、健在のように見えるわね。ピリッとしすぎてるのね、普通の人よりも。私、もうダメかも？」

「ダメって？」

「あの先生のそばにいる限り、いちいち比べちゃうと思うから、当分結婚はできないわ。いえいえ、一生かも？」

「だからと言って、離れる気にもなれないし、ってところ、でしょ？」

「なれないわ。とてもそんな気にはなれそうもない」

私は肩をすくめて言った。

「やっぱり、なんだかんだと不満を持ちながらも、先生に強く惹かれてるのね」

「早い話がそういうことね。悔しいけど、認めざるを得ないわ」

「私のハートはあなたの虜《とりこ》、そばにいたいの、いつまでも、ってとこね」

「そんなこと口走ってると、事務局長から、流行歌の歌詞みたいですね、って言われるわよ」

「何、それ？」

「事務局長って、すごいのよ。透明人間みたいに姿を見せないのに、いつでもすぐそばに来ていて、私たちの話を聞いてるのよ」

「えー、ちょっと気持ち悪ーい？　そういうの、ストーカーって言うのかしら？」

栗原さんは、形容詞を伸ばして言うのが癖らしい。これで三度目だ。

「小金沢先生は、むっつりスケベだって言ってたわ」

「ふうん。私には、そういう世界はよくわからないけど」

「私にだってわからないわよ。言えてることは、ただひとつ、事務局長は普通じゃない、ってことよ」

「自分の奥さんの小金沢先生が話に交じっているから、興味を持って聞き耳を立ててたんじゃないの？」

彼女は良心的な解釈をした。

「ううん、違うの、そうじゃないのよ。結婚話が出る前から、熱心に聞いてたわ。今から思うと、そんな気がする」

私は否定した。

「そう。それじゃ、やっぱり、変わった人なのかも」

「でしょ？」

「……あ、そうだ、デザート、取る？」

彼女は、メニューを手に取って訊いた。

「取ってもいいけど」

彼女は言った。

「じゃ、私たちがこうやって打ち解けて話せた記念に、デザートセットを取りましょう」

「やっぱり、あなたも、記念に、って言葉を使うのね。私たち女性は、記念に何かする、っていうのが好きよね？」

私は言った。

「ホントね。デザートを食べる時にまで、記念っていう言葉を持ち出しちゃうんだものね」

彼女もこう言って笑った。

美雪、指輪について話す

「この間の事務局長はおかしかったわね。女性が記念っていうことにこだわる、って身にしみてわかったみたいな言い方をして」

私は教授会のときのことを持ち出した。

「あ、あれね。スクールリングの時でしょう？　おかしかったわ」

栗原さんは話に乗ってきた。

私は続けた。

「あとで聞いたんだけど、この約一年の間に、事務局長は小金沢先生に、四つも指輪をプレゼントしたんですって。全部に、なんとかの記念、っていう名目がついているのよ」

「四つもだなんて、素晴らしーい！　なんとなんの記念なのかしら？」

栗原さんは、興味を持って訊く。

私はちょっと得意になって、説明を始めた。

「まずは婚約指輪でしょ。これは、大きめのダイヤの一粒ね。次に結婚指輪よ。これは、ごくシンプルなかまぼこ型の、よ。この二つを買い終わった時点で、事務局長は当分指輪のことは考えなくていい、と思ったらしいの。ところがそうはいかなかったのよ。十月に小金沢先生の誕生日が来ちゃってね、『誕生石はオパールなの。オパールの指輪もほしいわ。女性にとって、誕生石はとっても重要なものだから。ね、いいでしょ？』なんて、先生がおねだりしたらしいわ。それで、事務局長は先生にいいところを見せようとして買ったってわけ。これでもう指輪騒ぎはおしまいだろうと思っていたところへ、今度は結婚一周年の記念日が近づいて来たのよ。先生は『アニバーサリーリングも買わなくちゃ』って言ったの。事務局長は目を白黒させて『え、アニバーサリーリングですか？　そんなのが世の中にあるんですか？』って訊いたんですって」

「私も訊きたいわ。そんなのがあるの？」

栗原さんは尋ねた。

私は「あるところにはあるのよ」と言ってから、説明を続けた。

「少なくとも、小金沢先生の頭の中にはあるのよ。『あなたと私が結婚して、一年が経とうとしてるなんて、この上もなくハッピーなことじゃない？　なにかお祝いが必要でしょう？　だから、アニバーサリーリングなのよ』って言ったんですって。これは、さすがにそれほど高いリングじゃなくて、お手頃価格のデザインリングにしたらしいけど……。だけど、おかしいでしょ、この話？」

「事務局長が目を白黒させたってところが、スゴクおかしいわ。だけど、小金沢先生って、相当のアクセサリー好きだったのね。早百合のスクールリングも、買ったらすぐにはめてたみたいだし」

「本当ね。勉強家の先生の、隠された裏の顔かもしれないわね」

ここで、デザートの、スペシャルショートケーキとコーヒーのセットが運ばれてきて、私たちは喜びの声をあげた。

「思ってたのよりも、豪華ね、このセット」

「本当ね。写真で見たよりも、大きいし」

「スペシャルってついてただけのことはあるわね」

「ほんと、ほんと。看板に偽りなし、だわ」

コーヒーは飲み放題だったので、私たちは二杯目を注いでもらった。

「ケーキもおいしかったけど、コーヒーもまろやかな味でいいわ」

「そうね。近いうちに、また来たいわ」

早百合大の庭のこと①

「早百合の庭って、うまくできてると思わない？」

栗原さんが、庭のことを話題にした。

私は、すぐに同意した。

「思うわ。『早百合池』や『真理探求者の森』があったり、『詩人たちの小径』があったりして、凝《こ》ってるものね」

するとき、栗原さんが目を輝かせて言った。

「詩人たちの小径を歩くと、いい詩が思い浮かぶらしいわ」

「そうなの？」

私は尋ねた。

「そうよ。知らなかった？　あの径《みち》を行ったり来たりして詩作をした人がね、スペイン語詩コンクールで賞を取ったって話よ」

「へぇ、それじゃ、ますます新堂教授はいい気になっちゃうわね。ただでさえ、傲岸不遜《ごうがんふそん》な人なのに」

私は彼の顔を思い出していた。

今度は、栗原さんが長い説明をする番だった。

「その通りよ。スペイン文学科は、少ない人数の中からそういう優秀な人を出したでしょ。だからますます強気よ。英文科に対して『お宅《たく》は大勢学生さんを抱えているのに、賞を取るような人は出ないんですか？』なんて言ってるんですって。よく言うわよね、取ったのは自分じゃなくて、学生なのに。それで、英文科の成瀬教授が気分を害しちゃった、という話よ。そしたらまた、新堂教授が『せいぜいがんばるんですね。応援しています』って言ったんですって。皮肉屋ね」

「それじゃ、うちの科も言われちゃうかも？」

私は言った。

栗原さんは真顔で訊いた。

「うちの科って、どっちの科？」

私は笑って答えた。

「決まってるじゃない、仏文科よ」

そのあとこう付け加えた。

「仏文科もかなり大所帯になってきたから」

「そっか、そうよね。露文科ってはずはないか」

私は「ところがね、最近変りつつあるのよ、露文科が」と言ってから、言葉を続けた。

「神崎先生の教え子の元祖三人ががんばってるみたいだから、一概に『露文科なんて』とは言えなくなってるのよ。三人は修士課程にまで進みたいって言ってるらしいわ」

「元祖三人って、あの三人?」

「本田さんと峰口さんと筒井さんよ」

「すごいわね、ロシア文学にそこまで打ち込めるなんて。神崎先生の導き方がよほどよかったのかしら?」

栗原さんは感心していた。

「あの先生、学生の心をつかむのがうまいのかもしれない」

ここでは、私もあっさりとうなずいた。

その後、噛みしめるように、こう言った。

「あの先生は天然だけど、仕事のことになると、本当に不気味よ。いつの間にか、早百合大のドンになっていたとしても、驚かないわ。当然、って感じよ」

早百合大の庭のこと②

私たちはコーヒーのお代わりをもらった。三杯目だった。

栗原さんが訊く。

「あ、そうそう。さっき話に出た真理探求者の森だけどね。中にベンチが置いてあるの、知ってるわよね？」

私は答えた。

「ええ。実際にそこまで行ってみたことはないけど、一応は知ってるわ」

「そのベンチでね、小金沢教授と事務局長がおしゃべりしてるのを見たことがあるの、私」

「それって、もしかして……」

「結婚前だったから、デートだったのね」

「……」

私は答に困った。

彼女は続けた。

「ふたりとも忙しいから、大学内でデートしてたのね。外で会う時間が取れなかったんだわ、きっと。それとも、時間があっても、大学内で会ってたりしたのかしら？」

「どういうこと？」

私は尋ねた。

「それだけ一緒にいたかったってことよ。寸暇を惜しんで、ね」

栗原さんは笑った。

「わっ、キモイ！　やだ、やだ。もう事務局長の顔なんて、見たくない！」

「まぁ、まぁ、そう興奮しないで」

「これが冷静でいられると思う？　だいたいあの人は、私から小金沢先生を奪っていった人なんだから」

「本当に好きな人は、手に入りにくいものなのよ。だから、二番手三番手の人とつき合っていくしかないんじゃないの？　私はそう思うんだけど」

こう言う栗原さんの瞳《め》には、寂しそうな色が浮かんでいた。

その瞳を見た時、私は、彼女にはつらい恋の過去があるのかもしれないな、と思った。　それで、「……そうかもしれないわね」と答えるだけにしておいた。

彼女はしばらくの間何ごとか考えていたが、その思いを振り切るように元気な声を出して言った。

「……帰りましょうか」

私は、このファミレスに入って初めて腕時計を見た。入ってから二時間近くが経過していた。

私は明るい声で言った。

「今日は、栗原さんとたっぷりお話ができて、嬉しかったわ」

「私も嬉しかったわ。またお話ししましょうね」

私たちはメールアドレスを教え合い、バーニーズを出た。

美雪、桜上水駅で神崎に会う

バーニーズを出た時、もう七時を過ぎていたが、夏の夜はまだ明るかった。

桜上水駅まで来ると、神崎先生の姿があり、私に声をかけてきた。

「あら、下田さん、とっくに帰られたと思ったのに」

「栗原さんとファミレスでおしゃべりしてたんです」

「そう。栗原さんと仲がいいなんて、知らなかったわ」

「早百合の外で、栗原さんとこんなふうに過ごすのは、初めてなんですよ。たまには、助教は助教同士で、ってことで」

「話がよく通じるんでしょうね」

「気持ちもしっかりと分かり合えて……」

「でしょうね。私も誰か親しい講師の人をつくりたいわ」

神崎先生の家は中川原で、私の家は仙川と同じ京王八王子方面にあったので、途中まで一緒に帰ることになった。

同じ方面から来て、帰って行くのに、今まで一度も一緒になったことはなかった。

電車の中は混んでいた。

私たちは、つり革につかまって立った。

私は話し始めた。

「さっきの先生のお言葉ですが、独文科の講師の方と親しくなられたらいかがでしょうか？　ほら、もの静かな感じの方がいるでしょう？　ご存じないですか」

「どなたかしら？　ちょっとわからないわ」

「西条奈央《さいじょうなお》先生です。今度、ご紹介しましょうか」

「え、いいの？　それは嬉しいわ。是非お願いします」

神崎先生は目を輝かせてから、頭を下げた。

「わかりました。ご丁寧にありがとうございます」

私も同じように頭を下げた。

「下田さんは社交家だから、誰とでもすぐに仲良くなれるんでしょうね」

「それほどでもないですよ。ただ最近、独文科の助教の人とも、言葉を交わすようになったんです。それで、独文科の談話室を訪ねていくようになりました。そうしているうちに、西条先生のことを知ったわけで……」

私は仙川で降りた。
降りたホームに立って、中河原まで行く先生を見送った。先生は手を振っていた。
私は少しだけ振って、そのあとは深くお辞儀をした。
先生の乗った電車が見えなくなってから、私は改札口の方へ歩き出した。

美雪、栗原とメールのやりとりをする

その夜、自室でくつろいでいると、栗原さんからメールが来た。内容は、さっきは楽しかった、というものだった。私の方も、こちらこそ楽しかった、というメールを返した。

そしたら、しばらく経ってまたメールが来た。

「下田さんへ。今度コンパをしましょう。なるべく、あなたの好みに合う辛口の人を集めるようにします。男性とのコンパがいいですか？　女性とがいいですか？　そちらの希望に合わせます。栗原」

私は文面を見ると、途端にワクワクしてしまった。こう返信した。

「栗原さんへ。コンパですか。楽しそうですね。コンパなんて、大学の時以来です。新鮮です。私の好みを言わせてもらえるのなら、今回は女性とのコンパをしたいわ。勝手なことを言って、ごめんなさい。下田」

しばらくすると、栗原さんからまたメールが来た。

「あぁ、やっぱり女性とのコンパでしたか。訊くだけ野暮でしたね。私の力だけでは、小金沢先生ほどの大物を連れてくるのは無理ですが、助教ネットワークを使って、いろいろな人に声をかけてみれば、少しはうまくいくかもしれません」

私はすぐに返信した。

「ありがとう。とっても楽しみです。小金沢先生ほど気むずかしい人でなくても、もちろんOKですよ。恋愛対象になるような人に会えるだけでも、ワクワクするんですから」

「池百合女子大の心理学科の講師の人で、ユニークな人がいるんですが……ライバルの大学の人でも気にしませんよね？　ね？」

池百合の心理学科の講師か。ふうん、面白そう。心理学を専攻しているのなら、無神経な人ではないだろう。私は俄然興味が湧いた。それで、こう返した。

「栗原さんへ。もちろん、池百合の人でもいいですよ。講師っていうところもいいですね。私、ちょっとMかもしれないんです。自分よりも身分の高いひとから、いじめられたいのです。キャー、言っちゃった！　恥ずかしい！　……ところで、助教ネットワークって、何ですか。そんな便利なものがあるんですか。」

「ははぁ、Mでしたか。それで小金沢先生から離れられないんですね。納得、納得。

助教ネットワークというのは、私を含む何人かの助教が、口コミで作っていったものです。私たち助教が少しでも楽しく働けるように、という思いをこめて作りました。よかったら、あなたも入りませんか」

「そこに入るには、どうしたらいいんですか」

「このメールで『入る』と言ってくだされればいいんですよ。簡単でしょ？」

「じゃ、言います。助教ネットワークに、入ります。どうぞよろしく」

「ありがとう。それじゃ、コンパを楽しみにしていてくださいね」

「それはもちろんです。とても楽しみにしています。ではまた明日、早百合大で会いましょう」

END

解説　早百合女子大学に思うこと

ズドラーストヴィーチェ！

いきなりロシア語の挨拶である。もちろん本文からの受け売りだけれど。なにしろロシア語なんてボルシチとピロシキくらいしか知らないのである（スシとサムライしか知らない外国人と同レベル）。隣の国だというのに食い物にしか興味がないというのも、ちょっといただけないですな。

過去には戦争もしたし、東西冷戦時代はこちとらアメリカの子分として無批判に敵視していたわけだし、領土問題はずっとそこにあるし、あいつらやたらでかいし……というわけでずっと距離感のある関係だったから、馴染みがないのも仕方ないと思うが。

しかし芸術やスポーツの分野では、政治的な枠組みを超えて、世界中に影響を及ぼしてきたわけで、日本とて例外ではない。

たとえばチャイコフスキー、ムソルグスキー、ストラヴィンスキーといった作曲家のスキー三兄弟（勝手に命名）を知らない人はいないし、カレリン、イシンバエワ、プルシェンコというアスリートだってかなりの知名度である。さらに、サーカスといえばボリショイ大サーカスだし、同じくボリショイなバレエ団もその名を世界に轟かせている。

もちろん文学の世界でも、ドストエフスキー（おっ、こいつもスキーだ）や本作にも出てくるゴーゴリ、ツルゲーネフ、ソルジェニーツィンなどは皆様ご存知のはずである（読んだことはないという人のほうが多いような気もするが）。筆者は中学生のとき四人目のスキーが著した『罪と罰』を読んで唸ったクチである。なぜ唸ったかは忘却の彼方だが、自分の生きている日々とはあまりにも違うその物語世界に没頭し、かなりのスピードで一気読みだった記憶がある。時代が移り、少しだけ大人になった今、再読してみる価値はありそうだ。結構うんざりしてしまうような気もするが……。ん？　いきなりロシア語で挨拶などしてしまったせいで、ロシアについていらんことをずらずらと書いてしまった。反省、反省。

本作は新興の女子大学における新任講師の奮闘を描いた物語である。現実世界と同様、学生の確保に苦心する様子が非常にリアルだ。少子化とお手軽大学の乱立が重なり、実際どこの大学も定員割れに苦しんでいる。そのうえ現政権の肝いりで、文系学部の廃絶が猛スピードで進行しており、もはや大学が大学であることの意味さえなくなりつつある。早百合女子大学のように、ありとあらゆる外国文学部を設置するなど夢のまた夢なのだ。

なにしろ学生を確保できないので大学はどこも資金が不足している。そうなると国からの補助金が占めるウエイトが相対的に高くなる。補助金を切られないためには文科省のいうこと丸呑みしなくてはならない。つまり低賃金の非正規雇用に特化した労働力の大量生産に加担しなくては経営が立ち行かないのである。なんと嘆かわしいことか。「大学」なんていう看板下せよ。ただの就職予備校だろ。

人類の歴史を振り返れば、定期的にいわゆる「焚書」が行われてきたことがわかる。この目的はいつの時代でも、どこの地域でも同一だ。支配者に都合のいいように、市民を「烏合の衆」というポジションに固定するためである。支配者にとって最も厄介なのは「知性」を持った人間だからだ。

現在進行している文系学部の廃絶運動は、政官財による現代的焚書である。「就職難」であることを喧伝し、「即戦力」となる「人材」の育成を大学に強要しているわけだ。金融や情報通信を学んでも、「知識」は身につくが「知性」は育まれない。つまりはそういうことだ。

歴史を学び、文学に没頭し、芸術に触発されること。そして無駄な時間を過ごすこと。

人生のある一定期間、そのような時間を持つことは非常に大切だ。最初のインテリゲンチァは倉庫番から生まれたと言われているが、とても納得のいく話である。人間は時間の余裕がないと思考が停止する。時間に余裕が持てて、ダラダラと無駄なことを考えるのに最適なのは大学時代である。ぜひとも早百合女子大学にはがんばってほしい。文学部にいくつもの学科を抱え、それを維持発展させていこうという姿勢を貫いてほしい。そうでなければこの国は近い将来確実に滅びに向かう。いやいや、決して大袈裟な話ではないのだよ。ねっ、事務局長。

著者プロフィール

松坂　ありさ

横浜市生まれ。東村山市在住。
本名　青木　恵
神奈川県立相模原高校卒業。
白百合女子大学・国語国文学科卒業。
2010 年 1 月『木漏れ日』、2012 年 5 月『延長十五回』、
2013 年 10 月『ファールフライ』（日本文学館）
2014 年 11 月『校長室』、2015 年 5 月『初心、忘るべからず』
2016 年 2 月『落書』（Ａ文学会）

早百合女子大学

2016 年 7 月 22 日　第 1 刷発行

著　者　松坂　ありさ
発行社　Ａ文学会
発行所　Ａ文学会
〒181-0015　東京都三鷹市大沢 1-17-3（編集・販売）
〒105-0013　東京都港区浜松町 2-2-15-2Ｆ
電話 050-3414-4568（販売）FAX 0422-31-8164
E-mail：info@abungakukai.com
印刷所　有限会社ニシダ印刷　銀河書籍

ISBN978-4-9907904-3-1